最是凝香处

杨娅娜 著

海峡出版发行集团 | 海峡文艺出版社

图书在版编目(CIP)数据

　　最是凝香处/杨娅娜著. —福州:海峡文艺出版社,
2020.8(2024.3 重印)
　　ISBN 978-7-5550-2309-8

　　Ⅰ.①最… 　Ⅱ.①杨… 　Ⅲ.①诗集－中国－当代
Ⅳ.①I227

　　中国版本图书馆 CIP 数据核字(2020)第 105967 号

最是凝香处

杨娅娜　著

出 版 人　林　滨

责任编辑　林　颖

出版发行　海峡文艺出版社

经　　销　福建新华发行(集团)有限责任公司

社　　址　福州市东水路 76 号 14 层

发 行 部　0591－87536797

印　　刷　三河市兴博印务有限公司

厂　　址　河北省廊坊市三河市杨庄镇大窝头村西

开　　本　889 毫米×1194 毫米　1/32

字　　数　165 千字

印　　张　8.375

版　　次　2020 年 8 月第 1 版

印　　次　2024 年 3 月第 2 次印刷

书　　号　ISBN 978-7-5550-2309-8

定　　价　58.00 元

如发现印装质量问题,请寄承印厂调换

在所有能看到你的地方,种下阳光(序一)

蔡芳本

　　以前不太熟悉芷菡(本名杨娅娜),似乎她跟文学界没多少来往,一直以为她是个画家。后来在各种场合陆续读到她发表的一些诗作,才知道她在银行工作,是个诗人,而且是个不错的女诗人。

　　《星光》文艺季刊近期推出八个晋江女诗人,叫我写评。这八位晋江女诗人就有她。我写道:这个女诗人冰雪聪颖,她跟柯芬莹(注:晋江的另一位女诗人)一样都是银行的人,银行的人都是跟钱打交道的人。钱是什么东西?跟钱打交道会不会破坏诗情画意?回答是——不会!芷菡跟钱打交道却是从钱里嗅出了生活的芬芳与美妙。她在钱堆里作画,她在钱堆里唱曲,她在钱堆里写诗。她的画有女人的秀气端庄,她的曲有女人的珠圆玉润,她的诗也有女人的情致、女人的表达。芷菡是一个忠于内心情感的人,也是一个懂生活的人、很小资的人。她的诗经常是为爱伤感、为情缠绵,可她的生活情调却十分阳光。在诗里我们见到的芷菡跟现实中的芷菡很不一样。诗里的芷菡固守一个城堡,一个感情的城堡,专心致志地看一个人,"喜欢在你眼睛里,看我的样子/小小的,那么不完美/那么弱不禁风/慢慢伪装,不告诉他们啊/不能告诉他们/你的泪光,折射我的三生/每一次落下/是我为你,又一次重生"。多么入心入骨的爱,见我自己是从哪个人的眼睛里,多么巧妙。到底是我在看他,还是他在看我?是我要认识他,看透他,还是他在看透我?抑或是通过他看透我,我才认识他?太复杂、太迷离。芷菡用普通的话语创造了一个诗的迷宫和爱的迷宫。所以,我们看芷菡的时候,可以用肉眼来看;我们读芷菡的时候,却要钻进去,不能只停留在表层上。我们的每一次停留,都会失去一次进入芷菡内心境界的机会,都会是诗意的一次延宕。"你在看我吗/我怎敢老去",这样的诗歌足以叫人热泪盈眶。这就是芷菡缠绵深邃的力量。

我说芷菡缠绵,其实是有点偏颇,芷菡的诗更多的是爽朗明亮,更多的是开阔决断。芷菡的诗很会感染人,读她的诗,会心情舒畅,会精神激奋。可以说,在她的诗中看不到悲戚,看不到任何忧愁。也可以说,芷菡的诗是一剂强心剂,足以救死扶伤,足以鞭策后进、鼓舞人心。"纵然落下万丈情思,消解人间疾苦/单薄的肩膀也能撑起一片蓝天。"作为一个女性诗人,芷菡居然有这样的担当,不能不叫人敬佩。芷菡站在一个人生的制高点,指点江山,激扬文字,将她对世界的热爱倾泻而出。无论写什么,她都倾注满腔热情,用她坚定的目光为我们引路。"在所有能看到你的地方/种下阳光/种下希望。"她在阳光下挖掘诗歌的深意,当了春天的信使,为你我画下一整个春天。她画的这个春天,处处洋溢春天的模样,处处传扬着春天的声音,连低处的小野花,也绽放着生命的光芒。诗为心声,一切景语皆情语。芷菡找到她的抒情方式。这个抒情方式非常大气,其实就是她的生活态度,其实就是她对生命的理解。她的生活态度是了然的,她对生命的理解是积极的,"只有一个念头/向上/向上"。芷菡在她的诗中很好地消解了自我,她将自己有机地融入这个世界。世界是她,她是世界。芷菡那爱的城堡其实就是世界的城堡,而不是那个狭义的爱情的城堡。如果说是狭义的爱情的城堡,也是整个人类的,而不仅仅是芷菡自己的。

芷菡并不轻易言爱,但她的诗却处处透露着爱意。她对故土的爱,在她的诗中也得到最充分的表达。她写了故土的风物,其实就是因为她对故乡有深深的爱意。一个人爱上一座城,"满月青山,光芒万丈",这个爱就是大爱,爱故乡也是爱世界,爱世界上的山山水水,爱世界上生活着的人。她对一个老人出色的描写,就足以证明:"一个老人,划动着小船/折进水田里,海蛎、海蛏还有海带,投以惊喜的目光/它被海风染黑的苍颜,那日落前/晚霞般的灿烂笑容,洪亮声音/和大海一样。"因为有爱,芷菡的笔下才会有这样一个捕鱼的老人与大自然声影交汇、坦然一体,如此阳光,如此富有感染力。这个老人也从一个侧面,很好地体现了芷菡开朗乐观、积极向上的创作思想。"站在过去与未来的中央/勇敢的人加入风的节奏,起舞。"

这个老人也是芷菡的一幅画作。芷菡善于将一个人放到一个大背景下活动,这个人的一切活动就不是个人的活动,而是天地的活动,就像古诗"两个黄鹂鸣翠柳,一行白鹭上青天",就像"窗含西岭千秋雪,门泊东吴万里船",那样壮阔,那样辽远,那样昂扬。这是诗人的眼光,也是诗人的心胸和格局。如果说这是一幅画,那便是一幅高贵灵魂的画卷,是一幅宏大心灵的画卷。一花一世界,一人也是一个世界。一开始,我说芷菡是缠绵的,芷菡笔下的这个老人却让我们看到她是坚挺的、刚强的。这样,芷菡的诗就有了比较高的情调、比较大的格局、比较宽的境界,一点也不小家子气。王国维说:"言气质,言格律,言神韵,不如言境界。境界,本也……"在王国维的眼里,气质、格律、神韵都是末,不是诗的主体,有境界这三种也就跟上了。芷菡的聪明就是她抓住了诗歌的本,她完全是为了心胸来写诗,而不是为了技巧来写诗。所以读芷菡的诗,完全可以忽略她的技巧。芷菡作为一个画家,诗中有画,画面感很强,气象万千;芷菡作为一个音乐人,诗中有声,大钟瓦釜,掷地有声。我们完全也可以忽略芷菡的语言构造。芷菡的语言非常老实,她不屑于扑朔迷离的经营,不屑于故作高深,她没有越出雷池半步,但这不影响她语言的瑰丽、优雅、华彩。她秉承的也是中国语言的本色,是最乡土的东西,是古典诗词最好的集成。这种语言其实是最大气的语言,非常壮美。

芷菡都是在写美的东西,她的名字也很美。芷是白芷,是一种草药;菡是荷花。白芷、荷花,草美荷香。虽然这种美是优美,跟她的大多数诗歌还是有所差别,但本质上都是一样的。壮美和优美,相互补充,相互衬托,最是凝香处,"希望笼罩在金黄色的光芒里",完全不要看,芷菡是一个小女子。

2020年5月

简单而诗意地活着(序二)

许长锋

简单是生活存在的形式选择之一。

有些人会在与自然万物的沟通和交流中，获取一种淳朴的认知，并建立起相互间的和谐关系。就像梭罗认为的，人与自然万物具有本质上的生命联系，他们水乳交融，和谐一体。从此，遵循内心的喜悦和忧伤，远离喧哗，体味着生命的感恩和与之带来的祥和。作为一个抒情诗人，理应被归纳到此类人当中。

优雅的文字，无论是优秀的小说家还是诗人，他们皆是生活美的提炼者，萃取精华，引领精神前行。这些人总是溯流而上，回归生命本原，探索世界，寻找艺术与思想的结合，构建一个唯美的生活新领域；他们不断自我修复完善思维，使其处于活跃提升的状态，随时像准备站在起跑线上聆听枪鸣响起一样。

杨娅娜作为一个诗人，她身上也具备了自然主义者应有的气质，即在审美经验中对人与自然天然的亲和关系的体认。工作之外，她以读书、习画、练琴、养花和旅行为乐，在完成外物内化的心理过程中，将人格引向自由之路。而这些爱好，无不是在消泯浮躁下进行的生命游走，即便是一些微小的事物，像一朵鲜花、一块巧石、一本好书、一壶清茶、一声鸟鸣、一曲雅乐，都能在她的心灵投放激起一圈圈涟漪——丰富的物象使其情绪常常浸透着自然界外的一种精神存在，使原本简单的生活形式一下子诗意化。这种游心的日子，相摩相荡久了，仿佛孕育般汲取各种营养后的临盆分娩，诞生属于她的诗歌。

诗歌要引起读者的关注和兴趣，不仅仅是因为诗人的感情里存在灵心妙运对意象的炼化，让人们从旧的生活经验领悟到新的经验，构成知觉的、记忆的和联想的复杂情愫，产生美的共鸣。杨娅娜正是以女性细致独到的观察力，用心中之景度化自然之象，向人们传达"以其所见者真，所知者深也"（王国维《人间词话》）的诗意来。真情的宣泄，体现在她的诗里，诸如"这个春天，掬一杯春风／就可愁落千丈，泪流成海"（《春天，一醉方休》），"天空背后，那闪闪发亮的／信仰，落到泥土／并没有回响"（《雨落下的每一个细节》），"樱花、桃花、杏花占领天空／油菜花昂扬翘首，低处无名的小草／并不失意，叶子掌心握紧阳光"（《春天的信使》）等等。

如果说诗人心灵活动是在将有限的空间换取无限的想象，用小小的景展示无穷的意，仿佛一叶知秋似的，看到几缕水波即能远涉江河湖海，飘来一片云烟便可拥揽广袤长空。就像宋代画家马远、夏圭的画一样，只在画面安排一角，无论是一隅水岸、半株古木，还是一方峭岩，都令人生出无限遐思旷怀邈远。杨娅娜是习画之人，虽尚未臻佳妙之境，却能深谙此理拿来嵌入她的诗行："静坐云中／夕阳羞红的余晖，渐渐／拉近我们。"（《齐云听风》）"开出来的新路，青绿纯粹／匍匐向上，亭立的酢浆草紫色小花／向山借足勇气示爱。"（《青春，勇往直前》）"以水为镜／莲花开在水中央。"(《太平湖上》)"草原安静的海子／一朵花拥抱另一朵花。"(《守望》)诗中的客体是种种物象，但隐藏其中的是诗人的真我——主体的"我"通过客体表达的不仅是一种向往，更是生活的真实映像，只是这真实乃是艺术加工后的对生命价值的升格再造。

王国维说："昔人论诗词，有景语、情语之别。不知一切景语，皆情语也。"可以说，诗人写诗都是在用情，只不过情有深浅罢了。流露在杨娅娜的诗里，写情之深，除了用心体会，难以细论。如果要勉强加以诠释，我认为那是源于生命的创化，把这种生命自然地流露在语词里。诗集的第三辑"一个人恋上一座城"，真挚爱意揪人心弦的字句比比皆是。"那描弯的两道柳叶，明亮了／点点念想""你在看着吗／我怎么敢老去""当我念及你的名字／风颤了颤，月光安静地／落满书笺""你的泪光，折射我的三生／每一次落下／是我为你，又一次重生"……这只是摘几行诗句加以佐证，句子或许存在很私人的感情表白，但是诗人用艺术的性分与修养将爱委婉托出，其真意用"蜡炬成灰泪始干"的况味作比，似乎也不为过。我认识的娅娜是个一心向善的人，总觉得她灵魂深处储满了一泓爱的湖泊。当她用心去关爱和体验这个世界一切令她感动的事物时，从这一泓水里溢出的诗，自然是澄澈照人且有温度的了。

朱光潜说过，知道生活的人就是艺术家，他的生活就是艺术品。杨娅娜的诗歌创作活动，一直经历着从蛹蜕变成蝶的漫长过程。美丽的转身连带着她的一串串脚印。这些印迹曾带着她飞过高山、大海，穿越春夏秋冬，让她尽情憧憬着银河、星星的寂静与孤独，呼吸着山谷和泥土的气息，也珍念着城市与家的和睦温馨。履痕处处诗语缕缕，她用一腔温情，使雪山、森林、村庄和湖泊饱含灵感，让风、鹰、狗和鹅俱存人性，令笔下阿嬷、母亲、卓玛叫人着迷，更使平常的茶花、紫薇以及木槿花越发芬芳可爱。旅行带给她的不仅是风景，更是思想上饱浸诗意的一次次时空穿梭。尤其读到她在藏域雪山转山叩拜时，每一次的匍匐，都如获新生般充满悲喜和感恩。她写道，"金风拂过虔诚人们的心/梵音从天上来""而我羞涩于/只能像一朵即将盛开的雪莲/静默伫立"，再如"灵魂如风，清素唯心/止止如如，春暖秋明"及"高原上的桃树，开足花骨朵/碧绿的青稞，衬托层层愉悦/守住心中的圣洁"。读这些诗，你能感受到一颗纯洁而虔诚的心在雪山圣湖间缱绻低回，心波荡漾所及，所有的回声皆是爱的信念，而且这爱明显已经是洗却了世俗尘埃的圣洁的人间大爱。

　　诗集中还有一些关于家乡的诗。家乡是一座古城，保留了很多传统。也许正是这种传统哺育了像杨娅娜这样的诗人：诚挚温和、简单富有。在她看来，流动在家乡的光，远不止赤橙黄绿青蓝紫，而是折射成各种形态的物，有"出砖入石"的古墙、凌空如展翼的燕尾脊；有拍板细和的南音，盘如螺髻、插满鲜花的渔女头；还有她平日里精心呵护的花花草草，盛开时如诗如画，像极了她的心。

　　诗心不泯，时空永恒。《最是凝香处》虽是杨娅娜的初集，但她以自足精神为生活做出选择的，必然还会继续前行，将诗歌进行到底。居于此,唯愿她在花香与书香的熏陶下,积累更多的养分,为明天的到来,随风飘散出更加醇厚的属于她的诗的芬芳来。

2020年5月

目　录

第一辑　为你画下整个春天

春天,我们用眼睛相爱 ……………………………… (003)

认　养 …………………………………………… (005)

春天,一醉方休 …………………………………… (006)

雨落下的每一个细节 ……………………………… (007)

听　风 …………………………………………… (008)

春风和气 ………………………………………… (009)

晨　光 …………………………………………… (010)

来吧,一起舞蹈 …………………………………… (011)

春天的信使 ……………………………………… (012)

春天的乐章(组诗) ……………………………… (013)

　　梨花写的白·樱花雨·蝶飞·百木香草

春之声 …………………………………………… (015)

春日生香 ………………………………………… (016)

抒情的方式 ················· (018)

刺桐花 ··················· (019)

留住春天 ················· (020)

木棉花开的春天 ············· (021)

最美的天使 ··············· (023)

口　罩 ··················· (025)

开往春天 ················· (026)

刻一枚小小印章 ············· (027)

许你一世春暖花开 ··········· (028)

惜春词 ··················· (029)

水云间 ··················· (030)

小村庄 ··················· (032)

山娃娃的七彩童年 ··········· (033)

大山走出的孩子 ············· (034)

异乡似故乡 ··············· (035)

坐进画里看风景 ············· (036)

我吻过清晨的阳光 ··········· (037)

在黎明前歌唱 ············· (038)

第二辑　海浪推起一层层思绪

烟雨洛阳桥(组诗) ··············· (041)

　　爱情岛·红树林·月光菩萨·讲故事的老人·牵手·烟雨洛阳桥

清源里(组诗) ···························· (047)

　半城烟火,半城仙·此生·齐云听风·迟暮中的小径·南台南·

　桂圆花香,打开山门·青春,勇往直前·五月花语·百草缘

小山丛竹(组诗) ························ (054)

　数阳光·在晚晴室听经·翻阅竹简·镜亭,或敬亭

立夏书 ···································· (057)

心中升起光明之城 ························ (059)

九日山赋诗 ································ (061)

向梅日 ···································· (062)

余音从廊桥飞出 ·························· (063)

冬　至 ···································· (064)

小　寒 ···································· (065)

大寒,止于微颤的蓝调 ···················· (066)

给时间生命 ································ (067)

立秋,光芒万丈 ·························· (068)

桂花香 ···································· (069)

柿子成熟的季节 ·························· (070)

新娘花 ···································· (071)

致 ·· (072)

第三辑　一个人恋上一座城

为你倾城 ·································· (075)

情　书 …………………………………………… (076)

你那么好 ………………………………………… (077)

彼岸花开 ………………………………………… (079)

守住黑夜 ………………………………………… (081)

因为有你 ………………………………………… (083)

如果爱你 ………………………………………… (084)

乘着风的翅膀 …………………………………… (085)

一段被风爱过的时光 …………………………… (086)

愿做夜空一颗星 ………………………………… (087)

莲台山 …………………………………………… (088)

天空之语 ………………………………………… (089)

平安夜 …………………………………………… (090)

爱的衣裳 ………………………………………… (091)

花　谷 …………………………………………… (092)

风起时 …………………………………………… (094)

玉笋朝天 ………………………………………… (095)

听　海 …………………………………………… (096)

想起外婆 ………………………………………… (098)

夏至帖 …………………………………………… (100)

戏　墨 …………………………………………… (101)

致亲爱的你 ……………………………………… (102)

听　荷 …………………………………………… (104)

告别夏天的方式 ………………………………… (105)

小　雪 ……………………………………… （106）

与君书 ……………………………………… （107）

信　物 ……………………………………… （108）

月光情人 …………………………………… （109）

姐妹花 ……………………………………… （110）

月亮爬上屋顶 ……………………………… （112）

梅花石 ……………………………………… （113）

望　月 ……………………………………… （114）

九十九种爱的方式 ………………………… （115）

在月亮里相爱 ……………………………… （116）

第四辑　笑容盛开在秋天的日记

行在光中 …………………………………… （119）

山谷里的风 ………………………………… （121）

草木心 ……………………………………… （122）

长吉长 ……………………………………… （123）

铃声穿过五店市 …………………………… （124）

万花筒 ……………………………………… （125）

我的太阳 …………………………………… （127）

生日歌

　　——赠毕业季的孩子 ………………… （128）

山　茶 ……………………………………… （129）

龙山寺 ……………………………… (130)

在五台山与五爷品戏 ……………… (131)

世间太俗,听老子说 ……………… (132)

带母亲看摄影展、画展 …………… (133)

母亲的旅行 ………………………… (135)

信　仰 ……………………………… (137)

在时光邮局里 ……………………… (138)

以天湖的名义给你写信 …………… (139)

傻　妈 ……………………………… (140)

背负一座山,父亲不喊疼 ………… (141)

花　祭 ……………………………… (142)

清　明 ……………………………… (144)

当爱降临 …………………………… (146)

爸　爸 ……………………………… (147)

约　定 ……………………………… (149)

永恒的风 …………………………… (151)

摸不到的光 ………………………… (152)

说好的青春 ………………………… (153)

从此岸到彼岸 ……………………… (155)

同一片星空 ………………………… (156)

纪念日 ……………………………… (157)

写给很久以前 ……………………… (158)

浮生若梦 …………………………… (159)

走进画卷 ●●●●●●●●●●●●●●●●●●●●●●●●●●●●●●●●●●●●●●● (160)

第五辑　写下深情的远方

最美新疆(组诗) ●●●●●●●●●●●●●●●●●●●●●●●●●●●●● (163)

　遇见最美的你·路过你的悲伤·在三道岭·新疆姑娘·彩色梦·

　听花开的声音·奔向白云深处

甘南行(组诗) ●●●●●●●●●●●●●●●●●●●●●●●●●●●●●●●● (169)

　幸福降临·爱在路上·草原的芳香·守望·郎木寺的笑声·

　聆听风的声音·蕨麻猪的烦恼·扎尕那画卷·玛曲盛宴·

　月亮升起的地方·散落在人间的小精灵·初秋的青海

那年那雪那山(组诗) ●●●●●●●●●●●●●●●●●●●●●●●●● (179)

　大昭寺的阳光·过通麦天险·等风等雨等花开·天路·

　然乌湖畔·在南迦巴瓦山下听雪·马背上的天堂·

　缘,妙不可言·站在太行山顶·早课

徽州情(组诗) ●●●●●●●●●●●●●●●●●●●●●●●●●●●●●●● (187)

　王子与公主·太平湖上·查济,一座用心呵护的古村落·

　踏歌行·秋风辞·镜中

第六辑　在每一个含露的清晨醒来

潮涌,女儿蓝 ●●●●●●●●●●●●●●●●●●●●●●●●●●●●●●●●● (195)

海洋之心 ●●●●●●●●●●●●●●●●●●●●●●●●●●●●●●●●●●●● (197)

望　海 ……………………………………………（199）

写给自己的情书 …………………………………（200）

胭脂扣 ……………………………………………（202）

青山依旧 …………………………………………（203）

听海风吹进梦里的声音 …………………………（204）

一生中最快乐的事 ………………………………（206）

卑微,或是高贵 …………………………………（207）

夜光中低语 ………………………………………（208）

痛 …………………………………………………（209）

一段拙朴的小时光 ………………………………（210）

生命是个奇迹 ……………………………………（211）

如果时光能够倒流 ………………………………（212）

烟雨下江南 ………………………………………（213）

吴侬语和南音 ……………………………………（214）

柔软的秋 …………………………………………（215）

水墨翩 ……………………………………………（216）

茶　语 ……………………………………………（217）

大雪,母亲归来 …………………………………（218）

妈妈有一支神奇的笔 ……………………………（219）

风很轻,影子更轻 ………………………………（220）

微　光 ……………………………………………（221）

想象飞翔 …………………………………………（222）

云　想 ……………………………………………（223）

画 ……………………………………………………… (224)

仰望星空 ………………………………………………… (225)

新　年 …………………………………………………… (226)

致月儿 …………………………………………………… (227)

月亮之上 ………………………………………………… (229)

一封未寄出的家书 ……………………………………… (230)

长在青苔里的阳光(组诗) ………………………………… (232)

花间词·石语·蝴蝶说出热烈·阳光长在青苔上·牧心

附　录　如果有一双翅膀

风一样的女子

　　——读芷菡的诗 ……………………………… 叶　宁(237)

最是凝香处 ……………………………………… 许燕影(240)

像花那样盛开(后记) ……………………………… (244)

第一辑

为你画下整个春天

春天,我们用眼睛相爱

漫长黑夜即将过去

蜡烛在风中轻轻低吟

麋鹿跃过黑森林

树叶哗哗的声音,响起了前奏

夜风中,爱人喃喃私语

那是渐进的序曲

跳动的火花,就要熄灭

用你明亮的眼睛,给我指令

告诉我,我深爱的北方

在温润的南方,皎洁月光下

铺展一湖涟漪

奔向远方

春风拂过山坡,绿意盎然

温煦芳香,一树一树地花开

即使低处的小野花

也绽放出生命的绚烂

那是黎明前的歌唱

用你坚定的目光，为我引路

即使前路荆棘

即使我们仍将负重前行

有你的地方就有光

让我们走在春天的大道上

认 养

认养黑土地

明晃晃的绿

叶子掌心嬉戏的小青虫

和迎风起舞的蝴蝶

认养质朴的四季

秋菊开满微笑

冬梅挺拔傲骨

春天的山坡洒满映山红

夏天开出亭亭玉立的荷

认养一亩亩心田

在所有能看到你的地方

种下阳光

种下希望

春天,一醉方休

这个春天,只关心数字的去处
或用新芽祭奠不能成为数字的数字

这个春天,掬一杯春风
就可愁落千丈,泪流成海

沉默,与赶走的影子
化为春泥的声音,何日升起

彼此陌生的问候,渐远
桂花香气追月,唤醒樱花

需一道惊雷,将春雨入怀
沐日出和日落的光,与春天酣畅

雨落下的每一个细节

其实可以更缓慢
态度、姿态,气息
甚至,化妆好声音
与花朵、小草的和声一致

剥离,山河破碎的泪水
大海升腾,云朵的期许
天空背后,那闪闪发亮的
信仰,落到泥土
并没有回响

听 风

听，风在歌唱
有人抽刀断水，骑着白马而来
有人在梦里走散，又不知从哪里找寻
而你闭上眼睛，嘴角含笑，轻轻地和

风在走，云在动
花一簇簇开，树一棵棵绿
树摇动花，那飘落的花瓣不喊疼
四月人间，何须誓言

所有的生命都有定数
相遇、相惜，包括相爱
风展开翅膀
影子下有我们
风这么长

春风和气

诗歌叩窗
一束阳光探身而入
起犁,耕种

生命原色,平分
起点与终点

春风和气
在心田上,辨认

一只鸟说出
凌驾于春天的色彩

晨　光

小鸟放开歌喉,拉高音阶
呐喊,或是祈祷

枝头拔出新芽,花朵
迸出一朵朵,春天的名字

相互依偎与赞美
树影折身,晨露湿润草色

玫瑰花香唤醒,清晨
梦境,在阳光中上演

来吧，一起舞蹈

晨鼓摇动，檀香缭绕

鸟鸣声声，露珠跳跃

赤橙黄绿青蓝紫

欣喜的花儿喊着

动听名字，好闻的清香传来

一切都这么新鲜

风追赶云

远处展开一点霞光

此刻，还有比默念祈福声

更安静吗，披着金色袈裟的神仙

加入我们，可爱小动物赶来了

快快醒来呀，舒展身体

忘记忧愁，舞蹈吧

向着我们的情人致敬

一对对羽翼，在阳光下

依次展开

春天的信使

微风轻颤，是谁扣动春天的心扉
小鸟祈祷惊动月光，叽叽喳喳
一串串数字，抚平，呵护

天使缝合经纬
温暖从来不会缺席
紫色风悄然经过街道

露珠亲吻芬芳，田野守候甜蜜
一朵花的誓言，素净，凛然
当雷声响彻天际，与春雨相拥

樱花、桃花、杏花占领天空
油菜花昂扬翘首，低处无名的小草
并不失意，叶子掌心握紧阳光

春天的乐章(组诗)

梨花写的白

悲悯。漫天席卷同情的辞藻
天空飘起悲歌。似乎在等待
一场狂风暴雨。雷电划破天空
而始终保持沉默,依旧是那一抹白
初放的光彩,明晃晃
那么生动

樱花雨

晨鼓曦光,樱花无畏绽放
刀剑在花丛中游走,夕照沉没赞歌
这注定是一场无声的花雨
纵身而下的真言
在黑暗中,破土而生
咬住一朵花语
在寂静中,抱紧自己

蝶　飞

轻薄的良愿像尘埃

夜空中的白云,卷走银河升起的星座

鸟低飞,鱼在做它的梦

有光的地方,树瘦得只剩影子

白蝴蝶与黑蝴蝶,分不出彼此

在花骨朵掩护下,破蛹而出

百木香草

月光下,一只蜘蛛忙着织网

高高低低,重叠欢喜和悲伤

偶尔拉长恐惧、困惑,或是期待

而恼人的宿命论,被换上木香和草香

并缝上一束暖心的目光

春之声

雨落下

花将笑脸开满春天

叮咚，叮咚

大伞的耳朵溅起水花

甜美如蜜

温暖如风

山花笑

水妖娆

赴我们春天的约会

为声音化妆

萌动，酝酿

千言万语

春日生香

一

阳光透过窗楹
使你的额头分外光亮
淡淡清香一阵一阵,从老榕树下
弥漫开来。你的眼睛发出温柔的光
我看见,迷离的树叶
纷纷落在你身旁

二

春雨初霁,晴雨剪窗
新绿满池,花事未了
轻闭双目,听风在肩上托起羽翼
风中树叶哗哗在笑,你也在笑
而树下盛开的,是我余生的花期

三

黑夜深藏月亮的心事
星子闪烁期许,点亮整个世界
风轻盈,哪怕经过一方湖水
一片叶子,一朵花
也不惊动任何事物

抒情的方式

如果大海能接到天

退潮后,爱人向着天空蓝

长长海堤与即将点亮的星光

连成一首诗

柳絮飘进我眼里了

那是北方的温度,再次平静南方的心动

母亲拨动折翼的年轮,落下滚烫泪花

如果雨是一种抵达

你看,雨中万物神情坚定

花挨着花,叶子呵护

伞下小生灵振动翅膀,轻润歌喉

如果夏是春到深处,最好的抒情方式

如果过了这季,我们还在歌唱

刺桐花

春雨羞羞答答

是写给你的邀请函

来吧,蓝蓝的泉州海湾

朵朵白云,飘来你烫金的名字

刺桐树枝丫伸向,你伫立的远方

燕尾用阳光剪出,春天的色彩

清音在青石板上,拍打出回响

陈三五娘的山盟海誓,正在传唱

海风轻轻和,送来一阵阵松香

再热烈一些吧,即使倾尽一生

也要燃烧整个春天

刺桐花骨朵儿,红彤彤的

脸挨着脸,相互簇拥

满城的热情向着,你的方向

太阳和月亮,将你的样子和我的影子

交付给千年古城的大街小巷

留住春天

你从画里缓缓向我走来
金色花瓣,金色麦穗
一簇簇开在心里
空气中凝结仙露
一阵一阵弥漫喜悦

我可以牵你的手吗
用泉州的温度依恋,往后时光
与你琴瑟和鸣,眷恋彼此的好
带你走在燕尾剪开的春天
看那刺桐花红扑扑的脸儿
温暖每个角落,听山风
将我们轻轻揽进怀里

为你研墨展纸啊
画中是你,诗行间还是你
每一次起笔,春风拂面
春雨柔暖

木棉花开的春天

"我到为植种，我行花未开。
岂无佳色在？留待后人来。"
回报春天的日子，列举所有豪情
回报种树人，将倾尽全部爱

这个春天，疫情封冻江河
空寂的街道，沉默的门窗
鸟儿失声，花朵无语
伤心人沉睡风雪中

这个春天，春雨饱胀泪水
浸润多少人的心，微弱的呼吸
牵动整座城市，无眠夜晚
从死神手里抢回时间

如木棉一样热烈，橙的无畏
红的无私，像一群群凤凰奔向火炉
那么多白衣天使、蓝衣战士

消防战士、无名英雄们

义无反顾,手挽手,肩并肩

穿过晨光与落日,穿过一道道生死门

像木棉一样昂起头

在这春寒料峭的日子

硕红色的花朵编织云霞

展开羽翼,为春天换装

像木棉那样,即使坠落

旋转,停止。也是最好的赞美

即使化为春泥,长情与纯真在

日月也愿意躬身

最美的天使

爱是救赎,暗夜里的光

灯塔与烛火的暖

穿过我心脏

或温暖过去,或照亮未来

纵然落下万丈青丝,消解人间疾苦

单薄的肩膀也能撑起一片蓝天

在风雨中搏击翱翔

又有谁能懂,折翅的悲伤

晋江之源,长江、汉江之水

奔赴大海,白玉兰聚集成一朵祥云

奋力折射出光芒,为生命

架起一座座彩虹桥

如果每 次远行都将背负重任

如果红砖燕尾楼缭绕的清音

将成为梦魂牵引的泪点

空城之谜,那久久未归的解铃人
请安静归来啊,誓言未了
梦未了

口　罩

有多少善,多少真,多少期待
把冷暖捂在生命中。悲离死,一次次放大
又一次次向内收缩,成一层薄薄的海绵

如果还来不及打开另一扇窗
请蒙上无情与自私,无视贪婪与卑鄙
请过滤人世间的黑暗

如果能把魔咒收回,能把灾难阻挡在昨天
能让悲痛的影子,点亮一道光
能在寒冷的春天,敲开春天的窗

如果我的生命还能启动新的希望
我们的距离,不再相隔万重山

开往春天

空白的车站,沉默半个世纪
寂静,从清晨的鸟鸣声中剥离
丢失的、错过的、遗忘的
装进行囊,开始发芽

白鸽撞开天空,信念擦亮乌云
春天抖落恐惧、忧郁、徘徊
驶出时,初生儿啼哭迸发的
声音那么清亮

刻一枚小小印章

天空的雨,缓缓飘落
透明的诗语,叩开心扉
一湾新绿,澄澈

海棠的期许
把梦绽放在晨曦里
二月的风,正在酝酿
冬与春的交替

一个眼神,注定
生死相依,而我能给予的
是我用一生去铭刻的
一枚小小的
幸福印章

许你一世春暖花开

桃花枝头,云雀欣然

摇曳暖暖春风

春水微澜

听风中琴箫和声

掠过水面,悠远

花慢慢开

我心深处,经年的许愿

一世的春暖花开,依然

相伴明月

共舞两袖清风

一半经历参透

一半回忆徘徊

旧伤新感,悲欣交集

依旧春暖花开枝头

惜春词

破土,发芽

春雨淹没拔节的悲壮

泪水剥开,鲜嫩的花蕾

枯萎的树干,弯下腰

春风瘦,瘦了年华

春寒料峭的昼夜

白雪覆盖岁月

人世间,再苦也苦不过生死

窗外,安静地飘起雪花

纯洁而透明

为春天戴上桂冠

水云间

一

等云,等月
等风,等你

二

金光万丈
穿过,层层云纱
山色青翠
江水如缎
仙媛飘然而至

三

山峰,日月肩上过
风叩,石动,云弄鸟舞

佛光普照,钟声在山间回荡

烹茶对影,杯水谈心

万物各有所安

清音点点落墨

山水章中看

四

心如水,润泽人世间

行如云,释然一梦

拈花微笑

逍遥水云间

小村庄

小渔村一夜之间冷了
风一动,寒一重
恩典,就像一阵暖流
不经意间来到你身边

白色蛎壳砌成耀眼的光
辛勤的汗水和艰辛,闪烁
一股强大的力量作为引音
与巷子里传来的欢声笑语合鸣

归航渔船,慢慢靠岸
戴着鲜花的女子伫立
一朵一朵浪花,迎面而来
一起一落,欲言又止

素馨花、含笑花、粗糠花、玫瑰花
低眉娇羞,总是开得这么恰好
你一冲她笑,欢欣雀跃

山娃娃的七彩童年

是谁在梦里摇落星星

任雪花光芒飘满年华

是谁在神话里插上童年的翅膀

听月光落在孩子们怀里惊起欢呼

是阳光下妈妈眼里闪烁的泪花

是黑土地里奶奶种下爱的希望

是点亮春天的山花一朵朵

是小溪载着梦想奔向大海

思念铭刻在记忆的足迹里

七色童年啊

你是越酿越浓烈的老酒

你是我梦回故里自由的摇篮

大山走出的孩子

迎面而来大山的味道

树木清香,泥土厚实

童年回家熟悉的味道

路上行人脚步缓慢

三轮车夫反复讲述老街的故事

老字的粉汤馆烟火气扑鼻

大汗淋淋挥洒的客人

眼睛火辣,嘴唇麻木

人世间的酸甜分不出新旧

夜市的美食色彩丰富

几盏孤灯陪伴食材和影子

茶店里烘焙声吸引来往客人

有人驻足一闻,有人来试茶

而更多的人忘了身在何处

异乡似故乡

盛大的花瓣雨,飘扬

千里春风,连绵欢喜

我着一袭汉服,穿行在异乡

似曾相识的文字与习俗

空气中弥漫熟悉的味道

而我深藏母语

遇见久违的笑容

有那么一道相同的微光

将我们点亮

很久以后

我仍会想起

三月樱花的花语

坐进画里看风景

一口天，一幅画

天的四周疯长变幻四季的野草

陈旧的燕尾脊屋檐下

有一首老歌，单曲循环

围炉，翻阅老画里的心情

细品陈年普洱，吼着爱情

提一把画着玫瑰的西瓜刀

给生活做减法

一刀舍弃永远

再一刀去掉虚假

还有一只多愁善感的小狗叫塞尚

学会承受孤独，把黑夜当成白天

喜怒哀乐的表情，定格

一颗不愿意长大的心

我吻过清晨的阳光

秋妆如玉

阳光是美妙的歌颂者

花朵的脸,喜悦

树干绕过岩石

送出绿意

镶着金边的云朵

温柔,旖旎

连绵山脉,像锦缎一样

无限延伸

秋风迎来清爽

秋露明净,以无尘的心

演奏一曲御音

在黎明前歌唱

迎着第一缕风

穿过沉睡的心田

在星空写上期望

透过树叶,带着温暖的味道

唤醒第一朵花

风,轻轻拂动

草儿梳理衣裳,点点头

百灵鸟歌声在山谷回荡

黛青色的远山蒙着红纱

繁华与岁月逐渐暗淡下去

心爱的人儿走出彩色的房间

迎着朝阳通体发亮

麦浪叠起律动

黎明,还未到来

在破晓前祈求光芒

万物之上

我们放声歌唱

第二辑

海浪推起一层层思绪

烟雨洛阳桥（组诗）

爱情岛

古祠蹲伏守候,风铃声叮叮当当
默祷。细雨蒙上一层神秘
老榕树下,女人把小鱼叠成船形
雨水浇在眼睫毛上,像极了点亮的灯塔

长长青石板,深深浅浅脚步声
重叠着孩童的欢笑,旋转的彩虹风筝
惹得桥墩上的石狮子,咧嘴露出石球

天水一色,鹭鸟翻起一阵海浪
风一遍遍诉说
撒网,收网,丈量爱的长与宽
男人撑船,缓缓靠岸
海水浸透衣裳,马达声亲吻石板
憨厚的长桥,敞开怀抱

红树林

云雾压低水面,羞涩地藏进红树林
蜿蜒的五线谱,音符跳动
从树根飞起,欢快飞向远方

河流与大海汇合之处
分不出你我。闪亮的本色还原
最初的相遇,海浪奔腾
爱情的省略号,发出碰撞的声音

大海深处,翻动滚烫的誓言
天空,拂动一阵阵风
有一道坚定的光,穿透空气
穿过时间,以诗的明朗宣示

月光菩萨

潮涨潮落,波叠千年
不变的心思,被彼岸拾起
城市恢复宁静和沉稳
海浪推起一层层思绪
涌起,一湾新绿

闭月羞花,一个传说中

化身为美丽的女子啊

千年不变的石桥,见证了

你的善良,你的柔美

月光,永恒的祥和

纸风车在风中,旋转

漫卷时光,浮过你的眼波

穿越,一座桥,一片水域

还是记忆中的一座城

讲故事的老人

"蔡大人在船上,不得无礼!"

老人此时如同天神,大喝龟蛇

从蔡襄出生,拉开石桥传说的序幕

状元巧获圣旨,承母亲许愿造桥

夏德海投书海神,赐天机

退潮三日,奠基砌墩

酒井涌杉,涌出造船载石和铺桥墩架……

故事情节波澜起伏,展现眼前

老人停不下脚步，从桥头蔡襄祠前

两尊将军雕像，七亭九塔

解读到桥尾的每一方摩崖石刻

祈雨的西川甘露碑亭，穆然起敬

似乎正与他一起呐喊

安澜，安澜

一个风和日丽的清晨

孩子站在桥上，讲述

一位老人，划动着小船

折进水田里，海蛎、海蛏

还有海带，投以惊喜的目光

他被海风染黑的苍颜，那日落前

晚霞般灿烂笑容，洪亮声音

和大海一样

牵 手

大海心里装着蓝天

云雾将红树林拥入怀

小船与石桥交流，接吻

石狮子向月光菩萨，说着心事

大桥中央,没有人会驻足关心

低处晋惠交界石碑,孤单的身影

多少伤离别,多少习俗差异

如同石碑的描红,渐渐风蚀淡化

而旧时车窗凝固的时光,转动

每一次落下,都是她的泪水

烟雨洛阳桥

凤凰树、三角梅互相鼓励

树枝弯曲向上,抱成花形

浅草间,石头湿润脸庞

似乎有表白的勇气

桥下鸥鹭追逐海浪

时而与渔民轻唱,时而潜入红树林

只剩下飘起的花头巾,点亮海面

云层宽大的衣裳揽入,人海的叹息

一阵一阵

曾经的喧嚣,封住歌喉

穿行在石桥板的脚步,弹奏

艰辛的生活,而跳动在烟雨中的色彩

那一定是梦中故人,重拾童年

将蓄积已久的往事

重新翻阅

清源里（组诗）

半城烟火，半城仙

星星点点，一座城市醒来
嫩绿的、粉红的、鹅黄的初蕾
等候登场，蜡梅静默
剪去烦恼后，奋力生长

希望笼罩在金黄色光芒里
枝头新绿掩饰不住青涩
此岸，和风微熙

站在过去与未来中央
勇敢的人加入风的节奏，起舞
叶子掌心的眼泪，开成幸福的花

雨露降临的清晨，云雾缭绕
缓缓升起的烟火，鸟鸣如期送来
春天的信息

此 生

如何能越过此山
比如按住自己的悲喜,不争亦不惧
比如闭目,无思也无想
比如在"悲欣交集"前哭不出声音

映山红编织小道,塔上的老树
使劲往天上生长,塔门的铁锁锈迹斑斑
我双手合十,眼泪风干
"无相可得"打在心里
此时,树叶哗哗在笑

上山的路,增添新的摩崖石刻
陈年的老石与新藤缠绕、交心
每一次吟诵如同,又一次出世
沉睡的年份,我已不再仔细辨认

齐云听风

一声鸟鸣,敲开春天的大门
首先,雀跃的是云端升起的希望

嫩芽萌动,枯木生长
菩萨低眉闭目不语

清风经过你的左耳,穿过
我的右耳歌唱,春天的柔和
细软,温暖如
我们的初遇

静坐云中
夕阳羞红的余晖,渐渐
拉近我们

迟暮中的小径

幽静的小径通向春天
小花小草、小虫子争先报告
这是故事最好的引子

云纱中拉开序幕
山中安静的人儿,逐渐通亮
奉上,诚实的样子
世事在云海中,翻腾

我们走进暮色

当夜色降临，我听见

你低沉坚定的声音

为我引路

南台南

南山有台，云过壁绝

一条流动的玉带，环绕紫帽山

一盏灯塔矗立在每位晋江人心上

指引远航南渡的船，早日归岸

魂牵梦萦千年的乡愁，把目光拉长

遨游大海的弄潮儿，以晋江之名

用博大胸襟，浪尖扬帆拼搏

源源不断的智慧涌向世界

而当乡音与南曲，拨动心弦

盈耳相伴的大海的歌声

枕进泪水，彻夜无眠

晋水之源，每一条叶脉澎湃

燕尾剪动多少古老传说

山顶翻动云雾，风景清透如新

若干年后,云端上回首

恍如初见,再将彼此深爱

桂圆花香,打开山门

难以拒绝的热情,扑面而来

犬吠声起,鸡鸭鹅欢呼声沸腾

牛犊好奇睁大眼睛,低唱什么

胆小的黑羊躲在篱笆后面,屏住呼吸

掩饰不住的喜悦,只有静候的树枝

听得见。轻盈、勤劳的蜜蜂

斟满花香,酿成花蜜

我们披着阳光衣裳,扮成农夫

孩童,或是一只自由的小鸟

青春,勇往直前

天拉开夏的序幕,双乳峰山下

我们从山这头,大山妈妈的子宫

孕育。开出来的新路,青绿纯粹

匍匐向上,亭立的酢浆草紫色小花

向山借足勇气示爱

挥汗如雨,此刻

只有一个念头

向上

向上

树枝丫间回望

弯曲的路指向远方

偶尔有列车呼啸而过

提醒我们不能停下前行脚步

快乐音符,在树林间跳跃

我们脱下面具

走在巡山大王的青春乐章里

五月花语

木香小女子分外明亮

阳光下飞舞白色仙履

翠绿的山衣随风飘动

马缨丹装点山石

樱花为大山系上粉色腰带

从山崖上飘来一阵一阵

栀子花香,幽香深长

一朵杜虹花似乎急于展示

一生历程

池塘边小荷露着小尖角

正赶赴谁的约

邂逅的蔷薇,悄悄爬上篱笆

粉红的,温暖而笑容神秘

白色的,却羞涩地低着头

百草缘

再也不可以惊动满园百草

艾叶、紫苏叶、益母草

安静地生长,像是等候完成使命

蒲公英、辛夷花、金银花

开得坦然、灿烂。那绚丽的光浮动着

父亲在园子里晾晒草药的身影

每当遇见熟悉的植物

父亲都会轻声对我说

他们可以救很多人的生命

爱惜他们就得像爱护自己那样啊

然而我用尽全力,却保护不了我的父亲

小山丛竹（组诗）

数阳光

以小山丛竹题匾为起点
翠绿的竹林，红色的枫叶生动
一道道阳光将色彩延伸出去
每一扇窗门敞露暖意
每一块石头透出沧桑和使命
每一朵花活脱，诉说故事

逝去的阳光与现实相遇
似乎又一次重生
除了更深地去爱自己
去治愈一种难以言喻的疼痛
比如我比阳光更耀眼的白发
比如在深夜听见开始衰老的声音
在黑夜卸下华丽，与真理不期而遇

我的目光跟随阳光一起移步
当瞻仰智者的光芒,当走进岁月长廊
涌动敬畏

在晚晴室听经

出砖入石的外墙不刻意雕琢
简单的图腾,几缕叶脉已是全部
瞻仰者此刻需要闭目倾听
风声经过耳朵,在心中默诵

东篱,南天竺在讲经
向着阳光,开始结果
讲述等待玉珊瑚红透
将馈赠最宝贵的真诚

翻阅竹简

竹林书写每一出戏折
欧阳詹点亮泉州智慧
朱熹游走理学
弘一法师在过化亭题记学者功德

储蓄岁月财富,与古老的燕尾脊比美的

一朵红色石榴花,毫无保留

绽放一生的灿烂

站在晚晴室前鞠躬,草木静默

岁月印记,以一颗怀古之心

枫叶,红彤彤的脸庞景仰

而与我相印的仍会是"悲欣交集"

镜亭,或敬亭

入园亭子任众花相拥

持明镜心倚栏整妆,审视自己

或是平静下来,重视生命

毗邻的第三医院,有人痴癫一生

有人醉生梦死,而邻里的模范巷简朴

仍围井洗漱,相互关照

似乎无人关注亭子牌匾

一位老人一会把孙女抱起,一会放下

而年轻的父亲轻声对跌倒的儿子说

能否像男子汉站起来,继续带路

立夏书

光与影互相倾诉

春天递交暖意

夏天款款而来

生活还原本色

红的可爱,黄的生动

青黄不接的绿,生涩得心疼

鸟鸣声逐渐清朗

流水声显得从容有序

挑动音符是治愈深藏愁绪的良药

打开心扉,只需要一阵清风

吹到哪页,波澜映平

而最淘气的白发

在风中舞动年华

夏虫爬上肩头,屋顶

月亮爱哭的眼睛里

欲沉落的太阳喊出

安慰的话语

那么近

又那么远

心中升起光明之城

山城上空,烟花争先恐后绽放

一曲欢快的乐章拉开序幕

新年在虔诚的香火中升起

献出最诚挚的祝福,佛国圣人

此刻,都是抢到头香的信众

菩萨低眉,欣慰含笑

古塔相伴的樱花开得正好

衬托阿嬷头上的花园与脸上的皱纹

如同午后阳光沐浴红砖燕尾楼,祥和

麒麟壁前孩童嬉戏,却不失规矩

墙上的顽猴是否又捅了马蜂窝,引来笑声

左边老僧扫去凡尘烦恼,右边送来五福

山茶花在甘露寺举过头顶

双塔矗立着不动的誓言

有一股力量,正在缓缓升腾

"念佛救国",一束光走过了一个世纪

若在你心间掠过,是否深情吟诵

"真常,无上究竟真常"……

九日山赋诗

莲花端坐,远眺紫塔入云

菩萨泪滴落成泉

好奇的人们在泉边观看

人间疾苦,如何化为甘甜

踏歌拾级而上

朱砂漂染,词句入石

昔日船舶靠岸,贤人名士以风为酒

发酵成诗行,铭刻于山

对岸紫帽山护着流淌不息的母亲河

一眺石前面有群山羊,似乎有诗意

青石玉佛闭目,有祈福声入耳

两棵老树相离相拥说出往事

一只蚂蚁执着沿树干往天上爬

入山者即为诗人啊

祈风石下,以太阳的温度

封自己一个名号

向梅日

晨露饱含梅花的笑意

阳光在花枝间张开一张琴

首先落下第一个音的是小鸟的惊喜

第二个音开始流溢旧时回忆

随即是山谷回音

远处桃花山顶的亭子,聚集的光飞出歌吟

早春的淡墨洇染冬的希望

落笔在这尘世间的依然是冰心傲骨

一阕词卷一页生死

雪的心事深藏一缕清香

风起时,唯有抱紧寂静

余音从廊桥飞出

妙缘沐浴在山谷里

成长的轨迹被年轮分割

廊桥主人热情,一如既往

胸前十字架格外耀眼

与我手上的佛珠相视

表达出诚意

而我只能剪一段阳光演奏

一遍拨动高山流水

一遍吹出清凉无上

一遍张合贯穿缘起缘落

一遍和声入心

一遍执节将晚霞谱成曲

余音久久缠绕廊桥

冬　至

鲜花、糯米红丸,担负虔诚的使命
北方的水饺,南方的汤圆
丰盛的佳肴,准备祭拜祖先
回家的路,炊烟缭绕

村子戏台里的青衣仍在挥舞水袖
台下解说戏语的亲人早已成往事
陈三五娘的爱情,荔枝哪堪承载信物
十指相扣终究握不住悲伤离别

平仄诗行拉长我们一生
孩子们欢笑,兄弟姐妹甜蜜怡心
妈妈牵挂捂热心头
爸爸的叮嘱钉满星空

小 寒

清晨,升起希望

雾霭里响起晨钟

整个雨夜的念想

逐渐光亮、清晰

大雪深沉与厚重

晶莹纯洁,捧出初心

伫立山水之间的故人

等风来,等云起,等花齐放

等仙鹤与仙乐共舞

或者与我一样

一本书,一盏茶

听钟鸣,静思

独坐窗前

大寒,止于微颤的蓝调

窗外,美人树开得足够忘情
花瓣迎风,飞舞加快
这时,需要有一个爱人
收留离别说不出的疼痛
深情扶住,俯身划出的弧线

午后阳光,寒冷慢下脚步
一场花开的盛宴
等候春风吹开欣悦
即将越过冬天的火焰
逐渐热烈

霞光追逐飞鸟
与我坐进黄昏,思量
夕阳醉倒在地平线
那最后的光芒
点亮沉睡的星星

给时间生命

夜色掩护我的好奇指向喧闹

迎面而来刺耳的音乐

青春在灯光和烟雾里沸腾

酒吧一如既往地沸腾

而咖啡屋和书吧，换了几位主人

广场彩色大屏幕变换着心情

角落里的小丑，笑得比哭还难看

一只流浪狗紧跟着我

打成结的花脸，泪水汪汪

像极了母亲每次望着我

眼睛里的期盼和依赖的微光

空气中凝固渴望

越来越长的回家路

守住指尖握不住的时光

花店即将打烊，绽放的残局正在打折

立秋,光芒万丈

溪山层层叠叠

山顶雨墨坚韧,山峰耸立

心中所向的福祉,云海仙境

飞瀑直下,清泉涌动

丛林间行旅者收起歌声

心怀敬畏,经过的树叶

曼妙的身姿胜于花骨朵

摇曳清风,沙沙轻唱

石头相拥,早已立下誓言

青苔紧紧依偎

陪伴一生又一生

此时,我们安静下来

想想我们不后悔做过的事

满目青山,光芒万丈

桂花香

月满西楼

泪落桂花深处

是梦是幻，梦如霜

花润水，水飘香

亦真亦假，镜中花影

宛在水中央

山色如黛，月如雪

那山还是山

那水还是水

伊人渐远去

春意盎然

桂花满园

香如故

柿子成熟的季节

又是青涩的柿子落地时节

林子里的小翠鸟早已按捺不住喜悦

偷偷啄开刚溢出的甜香

暴风雨过后

柿子树牢牢抱住一年的希望

山上的阿婆已在树下

细数摘给我们的礼物

阿婆家的公鸡母鸡飞上墙头

一字排开列队迎接我们

小狗跑到村口张嘴笑

一阵一阵清香送过来

姐姐怀里美丽洁白的新娘花

羞涩、晶莹,张开怀抱

踮着脚尖盼望长大的童年啊

又在秋风漾起

秋语轻吟时,红遍整个树林

新娘花

有风慕名

有星子做伴

清香一阵一阵

湖畔,不知名的绿捧出

洁白的新娘花

水中天鹅相依偎

影子撑起保护伞

老狗喊出宿命的信息

和不能自主的寂寞

不敢将目光停留

不能惊动平静的湖水

这一生啊

平行线该如何交集

致

烟柳画桥

紧握风霜,静默

不与秋争丽色

不与冬争傲骨

落日短暂,余晖悠长

清贫或是荣华

云海烟飞,听风

拂动悲伤的泪花

若干年后如果还会有人想起你

那是阳光曾经照耀云端折射后

影子拥抱的温暖

第三辑

一个人恋上一座城

为你倾城

阳光推窗而入,镜中花影
流动。宁为君,画红妆
那描弯的两道柳叶,明亮了
点点念想

琴弦声声
是春水泛漫
是秋风瑟瑟情长
是你眼睛里,为我写下
诗行和方向

你一直都在我触手可及的
地方吗?你在看着我吗
我怎么敢老去

情 书

一个人
恋上一座城
一个人守护一片海
当我一步一步靠近你
忧伤褪色,转身

阳光拉开灰暗窗纱
紫荆花绽放在,奔向你的大道

海面上缓缓升起蓝调
当我念及你名字
风颤了颤,月光安静地
落满书笺

你那么好

是什么样的缘分

让我遇见你,星星闪烁泪花

藏在我眼里,不忍心落下

也许是前世五百年的修炼

今生,只为你走来

花开花谢

花开了又谢

一地繁华落尽

挂在树枝上,斑驳的希望

收起我的翅膀吧

种在你院子里睡莲的花心

深夜将清香,一遍一遍抚过你

月光菩萨美丽的脸庞

和那淡淡忧伤

喜欢在你眼睛里,看我的样子

小小的,那么不完美

那么弱不禁风

慢慢伪装,不告诉他们啊

不能告诉他们

你的泪光,折射我的三生

每一次落下

是我为你,又一次重生

彼岸花开

夕阳挣脱乌云的忧伤

在沉下大海前，交出真诚

明月捧出温暖

从海平面上缓缓升起

对岸不减往日宁静

红砖绿瓦乡音萦绕

燕尾剪出几缕乡愁

是旧时故土，涌出满眶热泪

此岸，飘零比孤独还瘦

花沾满衣襟，清风盈袖

白发覆盖岁月风霜

不需要你的承诺啊

只愿轻唤你时，共看晨星

只愿去时的方舟

有你也有我

只愿,当我望着你

你能为我转身

守住黑夜

一

华灯初上
满眼夜色动人
我在夕阳眷恋的山顶
此刻,你正伏案执笔
先落下一枝傲骨,苍劲
接着是紧紧依偎的枝干
姿态万千,向着阳光的花骨朵
我想象在你身旁,研墨的是我
吟诗的也是我,风一吹
每一朵梅花,开出喜欢的模样

我站在山顶,喊你名字
山上那即将过冬的秋菊年复一年
忧伤、欢喜,与你专注的样子
一样坚强。红砖燕脊屋檐下

铁马叮当,你听见了吗
那是我,在风中表达
对你的依恋

二

我翻遍所有唐诗宋词
无法表达,遇见的奇妙
我在你眼睛里,看见我自己
与你那么相似,我竟恍惚
月光菩萨滴下的眼泪
是永远汇不到一起的
悲伤和成全

请容我任性,又一次在深夜想你
落下泪水,是因为有你而幸福
然而,我唯一能给你的
是比南方冬天,更温暖的温度

因为有你

天使展开翅膀

花儿绚丽,鸟鸣悦耳

月亮的笑容那么迷人

山谷里回荡,温暖气息

阳光透过木窗流动

真实洁白,向着明亮

那时我们把春天当作神祇

主旋律沉稳,我的眼泪

找到海洋

风穿过树林

小鹿带来爱的信息

我们在时光余晖里荡漾

如果今生不能爱你

我的生命还有什么意义

如果爱你

森林幽静, 绿意盎然
候鸟南飞, 在枝头歇息
风捎来家乡的信息
大树托付太阳和月亮的心事
空气里弥漫柔和的味道
光影跟随韵律流动

山坡上, 绿茸茸生长
我们放牧的脚印, 一深一浅
还有这么一对猫咪, 眷恋
恩爱的小狗相依偎
安静地望着夜空

山川小溪, 撒满花籽
花开在相爱的每一个日子里
山顶冰川和清泉汇成大海的源头
听海浪拍打礁石, 浪花欢唱的声音澎湃
辽阔, 那是我在为你书写依恋

乘着风的翅膀

你就要远行了
使君子开满亭前,花骨朵向阳
写出一行行心动的诗句
而树下玫瑰无法说出送别词

很想再与你漫步湖心岛
湖水泛着淡淡的月光
那是我难以平静的心
湖面缓缓驶来一艘小船

静夜,月光如水
如果能是与你翩翩起舞的鱼
伫立于窗前的飞鸟
或是那月影,欲醉的风

你就要远行了
秋妆渐浓,远山舒朗
晨曦微露,有风微颤

一段被风爱过的时光

钟楼的时针把夜幕分出新旧

威远楼亮出底蕴

陈旧中山街欲将历史看透

年轻男女蜂拥，挤向西街

年老车夫悠闲排列，成一道风景

最美的不过是，再爱一次

彼此依恋的时光

天台上缓慢的旋律悠扬

一群飞鸟吸引目光

望向圆顶的教堂

云朵飘舞彩色霓裳

传递福音的天使，空中盘旋

一束光聚集在东西塔上空

清风一遍又一遍拂过

如同恋人，一次一次相视

又是热泪盈眶

愿做夜空一颗星

银河升起

星座各司其职

最亮的北极星指明方向

夜空是无念寂静

享受漫长孤独

而轰轰烈烈的地球

富有色彩的生灵

赋予感情

熟悉,陌生

或者曾经存在

就这样过完一生

成为一颗,在阳光下

闪闪发光的尘埃

莲台山

莲花中央一泓天池

倒映阳光洇染的山寺

晨钟暮鼓,音律起伏

鱼儿欢快游弋,百鸟起舞

祈祷的人们闭目

深藏的秘密,还能隐藏多深

比如迟迟未能说出,爱与恨

拈花微笑的菩萨,低眉不语

而松柏与杉树毫无顾虑

向着天空生长

天空之语

山谷之间倒映,天空之镜

处世与做人如同画圆心

每一方泥土与植物抱紧家园

每一笔气韵,印烙传承的重任

每一层的孕育,生生不息

人与生灵相拥而生

苍穹越高,人间越低

心若可及,是无尽的天空

坐进透明的花瓣里

清晰的脉络,有我的方向

平安夜

盛大的晴天写下平安

这一天,迎着阳光做喜欢的事

向喜欢的人大声说出爱

也许你还疑惑人间的丑恶

夜幕降临时,如果有人给你拥抱

告诉你遇见的欣喜,请给时间深情

神指派诗人在善意的诗行舞蹈

爱抚平岁月经年的苦痛

智慧光芒褪去繁华

素衣谈笑风生间

那低处的尘埃,熠熠生辉

山风鼓动思绪

整个城市在安静中思考

遗忘或是珍念,星子闪烁永恒

缓慢的音乐如暖流,注入心田

黑夜拉长,有一盏灯始终为你而留

爱的衣裳

一朵云投影在湖心

天鹅追逐月光,湖水微漾

浅水芦花边,有一叶小舟停泊

思念的轨道穿山而行

森林覆盖着天空

阳光穿针引线

湖面倒映着我们

清香随风而至

小鸟在寂静中歌唱

满天星光为你披肩

我怎么爱你才够

花 谷

今生，我要在大山的怀抱里

化作小溪跳跃的音符

风儿舞蹈，小鸟欢唱的歌声里

画属于我们的小山谷

太阳冉冉升起

小木屋里炊烟缭绕

篱笆前一畦畦

一亩亩，是你为

蔷薇、玫瑰、芍药、牡丹、菊花

和小屋两边的梅花

准备好的四季

艳阳高照的午后

小屋前的老狗打着盹儿

桂花一阵一阵清香

沁入煮好的热水

沏一壶岩茶、龙井、铁观音

或是陈年普洱

慢慢品尝

早已记不清的往事

月牙儿挂在树梢,嘎吱嘎吱

柴火燃得越来越旺

白雪覆盖的岁月更深

金星眨着眼睛

藏着不想说的秘密

今生,我能为你画的

只能是这样一座山谷

一片花海

一间木屋

一个女子

一轮明月

风起时

晚霞挥舞霓裳划亮天空

踮起脚尖,裙角飞扬

蝴蝶绕过你的臂弯

海浪涌起思绪,一波又一波

追逐沙滩,礁石欢呼

天使如你,赐我深情

赐我力量奔向你

如果有风

风,轻过我的悲伤

轻过我沉默的语言

幸福和阳光,如风的羽翼

轻盈,向我们涌来

听,夜莺的歌声如此美妙

月光正为我们披上香衣

玉笏朝天

像女王一样骄傲
像大海庇护她的子民

热浪卷起翠绿，欢舞
远方海螺号角声音深沉

勤劳女子花布衣拂动，拔高芦苇
和低处的紫色野花唱和

优美弧线衬托，美丽的笑容
纯粹的话语落在寂静的村庄

经过的人们庄严地
将高贵举过头顶

听　海

观潮楼的铜镜折射星辰

光变幻姿势，自由地拉长

或缩小搁浅的渔船

半开的红木门后

八十岁阿婆，用准确的针脚

织绣红花和翠鸟，又在自语

留点小鱼给大海

祠堂里石榴树下

蜘蛛，织一张网

困住盲目的对手

阿伯战赢一局象棋

告诉不服气的阿叔，战术的玄机

若有若无红砖墙外传来

莆仙戏的兴化腔

或是梨园戏的中原古语

雪白的小海螺随风欢呼

串起挂满红灯笼老街的喧哗

小狗轻轻叫,瞪亮眼睛作揖

风送来一阵阵大海的味道

静听,那海上人间

放生池张大嘴的金鱼

早已忘记七秒的记忆

想起外婆

红糖水煮莲子,扑鼻的香甜

是外婆持家独特的秘方

拄着拐杖,弯着腰给灶添柴

火焰暖暖的气息,烘热外婆脸上的香粉

沉睡在深深皱纹里

一尾尾欢快的小鱼向我游来

荷塘收藕人,小心分辨成熟与生长

鹭鸟趁着暮色,好奇地飞来站岗

小鱼躲在荷叶下守候童年,生怕被岁月偷走

夕阳的余晖荡漾,荷风轻盈

为荷花倾心,就像外婆喊我回家一样

怀抱那么温暖,目光那么心疼

外婆带回莲蓬,一把一把倒挂高处

每一梗互相照应与鼓励

把太阳的热情还给时间

把雨露还给风,直到倾尽所有

当莲梗可以独自静立时

外婆扎成一束一束,分享给邻里、亲人

用柔软风干余生

夏至帖

邀请烈日入席

烘焙不咸不淡的日子

给重的一头捎去我的清风

给轻的一头加上我的蜜语

穿越诗意的时光

湖水荡漾,菡萏飘香

明月为伴,清茶为友

静心,听花语

如若忧伤上心头

那么,请拥抱

我在你身后三千疆土

盛开的热情

戏　墨

盛夏落笔宜重

飞鸟来过

幸福遗忘在碧浪间

层层叠叠

胭脂映着曙红的光彩

蜻蜓也不会太拘束

点头问候每朵伫立的花蕾

而那低眉间的娇羞

如同墨池的秋波

起伏,向着远方

寂寞的人在镜中歌唱

唯有月亮陪伴

有风极力抒情

这一池心事,吹皱

此刻,应屏息收笔

余下的空白,留给呼吸

致亲爱的你

不需要华丽的序言、曼妙的旋律
也不必在童话故事里埋下伏笔
就让我们做一株幸福的植物
懂得节令,尽情生长

窗外枝头茂盛,果实颜色正好
金黄透亮,闪烁日子厚实的光
太阳一层一层晕染,打磨
蜜蜂喜欢过,蝴蝶欣赏过
也许敌人恨过
未熟透的果实
还是这么坚强

你看,花开正当时
香味沁心,花下写满诗行
而当花瓣奋不顾身跃下
大地胸怀宽阔,温暖
也许有人暗自落泪

那是泪滴谱成清曲

韵律悠扬

余音未了

听 荷

阳光透着绿意

心的脉络清晰

云在水中走

变幻四季的表情

歌声从远处缓缓飘来

有欢喜,有悲伤

画一卷出水芙蓉

明镜倒映浮华尘梦

从一朵花的盛开到残败

如果有人读懂她的美丽

一定有爱

拂过发梢、双眉、耳际

抵达他心间

告别夏天的方式

风尽头

玫瑰接过夏天的热情

山谷里清音袅袅

挽留赶路的云朵

雨滴落一丝寒意

经过你双眉之间

祈福声一字一字落地

莲花绽放, 荷风千里

沉睡的莲子进出

亲吻如期赴约的秋

小 雪

冬雨缠绵大地

南方冬天开始思考寒冷

落叶终于将温暖还给人间

幸福留给忙碌后的疲倦

茶汤里翻滚着悲伤和喜悦

一饮而下

亲情和爱情的承诺

都是固守的永恒

风停在空中,哭不出声音

花落不落下,其实也没什么

寂静之后,我听见

来自天堂的声音

与君书

严冬应有两个人的依偎
谈论冰雪挣扎的烟火
辞旧迎新，或悲喜交集
而你与我不语
恍如涅槃
又该如何重生

假如记忆退回最初
你能否在十字路口
再引我上路，共济此舟
而我又将前生的故事
与你再做增增补补

假如叙述太过平坦
旋律舒缓，生死习以为常
是否在飞过的高山、海洋
以我微薄的呼吸
奉上飞蛾扑火的勇气

信　物

在不确定的空间,为你写诗
心里怀抱着太阳和月亮
押不准的韵脚,像极了阴晴圆缺

从唐诗到宋词,平仄来回兜转
像前世今生,经年盛开着青花的蓝
春风一吹,绿了江南

那么,我就是扁舟,在雨声里荡漾
你就是诗行,在命运的册页里
沉浮,盘旋

月光情人

月光辽阔

秋色扬起赞歌

你是策马而来的英雄

红尘战场,你是我的王

功名也罢,江山也罢

放下刀剑和戎装,与我

坐入夕阳和风帆,可好

月光煮酒,融雪烹茶

一醉东风,闻女子香

请执长箫与我合奏

借平仄韵脚,读我的

一江春水

姐妹花

晚风轻轻吹

我的南音

我的八闽之地

海水也浪打浪了吧

如同意气书生

诱惑我调弦的姐妹

我们拥有一片海

扬起帆影也共潮汐

我们赤裸双脚

在沙砾上踏出花的形状

每一瓣的象形

都写满跃动的诗意

这是任性复制的青春

从最初的青涩踏浪而来

我们歌八闽世泽

吟九牧家声

也双手捧起"蔡公泉"

滋润我们掌心培育的花蕾

旋舞而歌呢

八闽大地的姐妹花蕾

这多好的称呼

我们可以随意吟诗

怡情在弹指之间

花与花，蕾并蕾，眉间映长箫

月亮爬上屋顶

云在走,月色朦胧

米兰香气一阵一阵向外飘送

紫藤花长出新芽,试探地爬出墙外

而院子里花影婆娑,老树禅定

小鱼躲在石头后面

老乌龟也一动不动

有一只小懒猫很安静

胖乎乎的身子像小树墩

安放在青石板,与时光对视

另一只轻巧地坐在屋檐上

望着月亮,早已忘记从前

只有诗歌毫无忌惮

在花间穿行,为爱人吟诵

月光柔和,向小屋延伸

月亮迟迟不愿爬上屋顶

梅花石

方池浅水边,孤影暗香
一片一片花瓣相互映衬
以雪花的白表达真心

墙上菩萨安静,木鱼沉睡
我听见熟悉的经文
在你指尖流动

长音,穿过木窗
经过朱红色的木门
两棵老树送出和声
停在我的身后

一株梅花落下
点化成石,淡淡墨香
指认前生

望 月

月光如雪

冰清玉洁

想你,温暖整个黑夜

剪一段月光

一针一针将你的名和姓缝进幸福

念你的日日夜夜啊

一遍一遍将启明星织进洁白的嫁衣

清风梳妆容颜

绽放千年为你等待的美丽

百灵鸟轻抚我的忧愁

百花已盛满未来的路

爱,点亮我的生命

坚持永恒的誓言

如月,夜夜守候

如光,无私照耀

冰清玉洁

月光如雪

九十九种爱的方式

山谷寂静

山风穿过竹林,书写

银杏叶携手飞舞

老枯藤垂向冰川化石

山涧亭阁回望

亭前兰草抱紧泥土

渴望在回忆里重复

请在泉水还未枯竭

以爱的名义

写一封信给他

用一颗晶莹透明的心

封缄

在月亮里相爱

没有什么比风更加轻盈
月光落在湖面听见的心跳
像想你的时候
吹开出层层喜悦

站在夜中央
枕一丝秋凉,缓缓入冬
云朵藏不住月亮的秘密
热泪盈眶时的光芒
那么深情

没有什么比诗歌更加优美
从开始抒情到结尾
没有什么比你更重要
余生,从阴晴圆缺
爱到白头

第四辑

笑容盛开在秋天的日记

行在光中

一

喜鹊从云杉枝丫飞出
光影叠落,树叶哗哗放开歌喉
山风的主旋律渐入佳境
愉悦的歌声持久

二

朝阳爬上山顶
绘出群山轮廓
远处叠嶂遐想
近处是观心的庙宇

三

阳光透过窗楹,落满钵

惜米如金,惜字如命啊

有故事的人总是在深夜

反复审视自己

四

宽阔的河流奋勇向前奔向大海

笔挺的树干能撑起一片天空

大自然给予生灵生存之道

并在痛苦与快乐中生长

五

行走在云水之间

折射出千万种镜像

而于光芒中寻找最初的自己

我仍会爱这闪烁在自然的微光

山谷里的风

芦苇倾向一方
你经过的四周被点亮

鸟儿收起翅膀
花瀑，奋不顾身俯身直下

蔚蓝天空偶尔有云朵飘过
或晴或雨，或投影心间

仙履织画，丰富每一个韵律
树叶轻颤

微风温柔地拂起
每一次都变化爱你的方式

草木心

经过一场大雨的洗礼

生命赋予幸福的色彩

低处野草,奋力生长着勇气

一对一对蝴蝶不请自来

蜜蜂带来长音嘹亮

六月的盛情难却啊

馥郁之香飘进窗里

云层拉开一线蓝天

思念与渴望,如同长句

念及故乡,与你

在风雨中叮嘱的话语

花开了又一季

长吉长

秋风微漾

幽竹拔节相互敲击合唱

红叶在晨曦里熠熠生辉

白色花沉默

彩色蝴蝶翩跹起舞

蜜蜂与蜻蜓结伴而来

墨池里的枯荷画出人生

几何图形里，一只小虫打破平静

霜降到来，赶在寒冬来临

献出温暖，而那一刹那间

浅处的花朵说出希望

铃声穿过五店市

古早味烟火,熏陶

不知愁的星月,爱过少年的行囊

八月桂花,挂满燕尾楼绽放清音

奶奶的故事里,我是最不听话的孩子

沿着小巷飞跑,想象一条河流

被我丢到身后

凤凰花开出蒲公英的翅膀

沿着青石板一路飞过

我试图研墨,修复斑驳的身影

留白之处,阳光的初芽转动时光

铃声又一次穿过五店市

万花筒

一

小蜗牛

穿过马路时要小心

没有人会注意你的努力

二

慢慢转动万花筒

拥抱万千世界　事实上只有

红　黄　蓝

三

花开出好看的样子

是酝酿所有的开心和难过

花谢的时候抱紧泥土

迎着风　星星在肩上

四

天空五彩斑斓
雄鹰只有一个方向

五

风掉下来了
请张开翅膀

我的太阳

天空种下的太阳,又结果子了
树上芬芳盈袖,树下虫声唧啾
最大的果子,你要挂在窗前
难过的时候,触手可摘

果子画出千万种颜色
爸爸和妈妈站在彩虹桥两头
湖水里,荡漾着幸福的小船
划开大道
宝贝,由你来掌舵

生日歌

青春的音符,从十八岁生日烛光根部

升起,雪的温存,随阳光舞动

深埋心田的花籽,酝酿花开的声音

浪花亲吻礁石,将大海重新定义

赋予神秘色彩,故乡的味道

将飞向远方,当被春风转述时

笑容,盛开在秋天的日记里

128

山　茶

茶色的光，一池墨

描绘清晰纹理的是诗人的心

含蓄是浓淡相宜的静

远去的诗行越读越悲伤

翠绿欲滴的叶脉

在阳光中煮沸

画卷里的花仙子

以山水、天地为背景

徐徐展开

识香的蝴蝶

正以月光柔和的姿态

打坐

龙山寺

一棵老樟树,孤寂
一千零八只手,展开羽翼佑护
端正镜像,尘埃过滤

朱檐红墙屋顶,一对青龙呼应
面向人间,镇定祥和
飞檐双翼高翘,问天

命运从签筒摇落
隐喻,或是直抒
欲把明月铭刻

清正气息,在长廊回荡
隐约传来脚步声
深深浅浅

在五台山与五爷品戏

白塔下三楹龙王殿,云雾缭绕
五爷端坐,低眉含笑

戏棚里水袖舞动,"似水流年,如花美眷"
杜丽娘与柳梦梅爱得死去活来

台下绛红藏袍、旗袍、长衫,或是素衣
有人许愿,有人还愿,有人正在思量

我将双手举过头顶,俯身向着大地
试问五爷,何出戏才算圆满

世间太俗，听老子说

清源山门紧闭
一场春疫还原寂静
摩崖石刻增添沧桑
朱红色"天长地久"愈显黯淡

空山新雨后，万蕊齐放
花香引路，老君岩笑容可掬
百草似乎忘记疼痛

春风急于歌颂
世间太多玄机，请容我拙语
与珠述，在老子手掌心下
慢慢顿悟

带母亲看摄影展、画展

母亲说,南极的海真蓝

像梦一样

载着友人的船有五层

是否分别住着不同层次的人

那个独脚登上极地的小伙子

勇敢的样子真好看

女儿啊,只要有梦想就可以实现

母亲说,新疆真辽阔

那里的阳光像一首歌

流动的旋律眷恋每一个生灵

那里牛羊的脚步

像跳舞一样,自在,轻盈

那里也有我们泉州丝绸之路的印记

女儿,你应该去走走

母亲说,摄影师的世界真不同

我们平凡生活,怎么会有这么美

画家的画怎么比摄影作品还耐看

他们都是诗人吗

如果不是，他们心中也澎湃动人的诗歌

母亲坚持看了第二遍

又在喃喃自语

你的父亲总是骗人

说好了带我们周游世界

他却去了天堂

母亲的旅行

母亲说:余生太长

我怕你父亲在天堂等得太久

母亲用盛满孤独的目光望着我

岁月交织经纬,在举头时

温暖的南方已下满

他乡盛大的雪花

又整理一遍行李箱

母亲唠叨每次远行

一定得带齐四季

如水的心,矜持

与自然保持谦逊

我深爱的人间啊

若干年后,当母亲背上行李

雪地里鲜花昂首绽放

远方的佛光,清澈穿透山林

母亲还能骄傲地说

再来一次说走就走的旅行

就像从前如期与你父亲团聚

信　仰

余晖从塔尖开始,拉开春的序幕

飞鸟明亮的眼睛如星辰,看透生死

在时间与空间里回旋

水草屏住呼吸,等待奇迹

湖水一波接着一波,相互交替

鱼儿吐出金色的真言

水草在风中一次次被扶正,又放下

鲜活的人间在暮鼓声中

逐渐放大

在时光邮局里

蝴蝶巧妙绕开套局

一只老蜘蛛执着地拉长网格

山风穿耳,警示语一遍一遍

黑天鹅退回篱笆里,相互安慰

三角梅托举艳丽,根垂向湖面

层层波澜,吹皱一湖心事

落入时光隧道,若时间倒转

掬三杯天湖水,一杯敬童年

再一杯为少年无知的清流

再敬一杯,为无悔青春而醉

而微芒渐逝的余生啊

该如何寄语未来,水面升起云烟

悄悄蒙上月亮含泪的脸

以天湖的名义给你写信

风拂动一丝丝夏意
柳枝垂堤,微波氤氲心绪
白云在湖水里为天空缝补衣裳
或是温婉素雅花草图案
或是灿烂盎然的海洋风采

湖面上,一对黑天鹅收集词藻
时而潜入水中寻觅真言
时而追逐散落在湖面的信物
波光潋滟,荡漾生命本色

远山勾勒的信号塔为证
我坐在柔软的时光里
以天湖的名义
用阳光执笔,圣洁湖水
情书涌动

傻　妈

母亲一生最骄傲她的名字
可以永生冠于她的儿女
最挚爱的代名词
"美丽"的

母亲为很多人做过嫁衣
也为自己准备七彩寿衣
缝上能想到的色彩、吉祥
母亲说,这些都是留给你们的

母亲每一天都是工作日
仔细斟酌关于儿女的每件事
每一次愣在电话那头
只会重复一句话
傻女儿,不管怎么样
有妈妈在

背负一座山，父亲不喊疼

走了很长一段路，父亲把头埋得很低

风车，迎着风奔跑

从灶火里飘出烤地瓜香味

清脆的笑声，洒满田野

童年的阳光挤出树缝

照在父亲背上，回忆越来越重

树枝往天上生长，发出新芽

开花、结果。吸引蜜蜂、蝴蝶

鸟儿聚集、歌唱、筑巢

而父亲把心里话与树根一起

往大地再深藏一点

山，父亲筑得更高

接近月亮。每当远行

我们驮回忧愁、伤痛

父亲空出竹心，空出杯子

也掏空心房

花　祭

五十岁一过,母亲到寺里定了两个牌位
半山亭阁,仰望地藏菩萨
每逢节日,经文洒向各个角落
余晖映红整座寺庙,母亲用红布
悄悄遮住,空空的牌位

十年后,父亲钻进牌位里
红布被换成,坚硬冰冷的石碑
当我向父亲说起母亲,和身边的故事
父亲上扬嘴角,含笑看着我
不责怪,也不再袒护

寂寞的时候,母亲都会去看父亲
仔细端看,父亲周围新添的邻居
擦拭石碑上父亲脸上的尘土
又会说,很快就来和你做伴了
风吹得蜡烛的火焰,一直摇头

清明,把时光又压低一寸

黑蝴蝶迎着人群,飞舞

悲伤滚落在映山红的怀抱

檀香缭绕,祈福声从山坡响起

母亲剪下两枝百合

在父亲笑容面前

又长跪不起

清　明

草芒,让出清风的通道,躬身行礼

大树用羽翼庇护,开出鲜艳的纸花

深夜里冰冷的话语坦晒,阳光下格外耀眼

有人把热泪权当烈酒,欲醉

弯腰描红,擦拭,叩首

跪拜,任火焰在天上翻飞

杂草淹没的,也许春疫过后

将无人指认,蒲公英将带着他们

翻越高山,穿过河流

将一一被重新命名

与落日余晖相依偎的,另一个海岸

墓地安放于,与屋宇相邻

教堂里透过彩色玻璃,照在祈祷者

脸上柔和的光,地狱与天堂的光

相互交替,生与死如同唱诵诗

平常,一样透明

而仍在赶路的,清明这一天

将会告诉我们身后发生的故事

和四周围泥土与草的芳香

当爱降临

风再轻一点,好吗

宝宝刚进入梦乡

叶子正在发芽,花朵儿含着小蕾

月亮慢慢记住,他们的名字

大地张开温暖的怀抱

爱,悄悄降临

感恩学会接受,这个世界

风雨过后总会有彩虹

用勇敢的心,做柔软的自己

我的宝贝,妈妈爱你

如果生命剩下最后一分钟

就让我这样看着你

爸 爸

如果你还在,可否再告诉我蜜语
像你哄妈妈和我那样,把吃亏说成是福
磕着的,碰着的,说成财富
把苦桃,说成蜜的味道
把村口那棵爱做梦的枣树
望成永恒

如果你还在,该有好多
再与我称兄道弟,小酒煮月光
细数千年历史碾过的印记
待到风停云静,与我将风景看尽
将心疼的人儿深爱

如果你还在,流星划过夜空
那光芒,那束伸手可触及的光
像你的眼神,照亮孤独
泪花闪烁的,是你说的幸福
是你在星星的眼睛里,种下温暖

每一颗,都是我前行的启明星
是我永不落的希望

爸爸,我爱你的时候是认真的
想念你,呼吸的痛是认真的
看着你离开的时候,我是认真的
你的不舍,你的祥和,你勇敢的样子
我认真活着,就像你不曾离开
我会一直认真爱着你
我的爸爸

约　定

回不去了,小伙伴用双手搭起

呜呜叫的小火车,苗家孩子麦田里

躲猫猫的游戏,和姐姐在天桥上

被火车白烟熏黑的小脸

洒下清脆的笑声

回不去了,老狗守候的

孤单的枣树。还有摸不尽的小鱼

清澈的小溪,大雪纷飞的日子

老师为我点燃的烤炉,同学们送我到村外

酸涩的柑橘,和我在梦中

一次次被泪水打湿的上学路

回不去了,我的青春

我的爱情,枕木轨道孤独地伸向

属丁你的,我永远到达不了的远方

回不去了,爸爸一生的梦想

一世的叮嘱

回不去了,我的爸爸

绿皮火车载着你,开往遥远的天国

您能否在夜的深处,在星星的眼睛里

写下,来生的约定

永恒的风

我们已经错过风的诚意

高山青翠,流水痴迷

花儿争先恐后占领一席芬芳

只不过在花间挥挥手

道声珍重,已知后会无期

心与心的距离

不过是一场远行

到离天最近的地方去

高举雪山圣洁的名义

菩萨悲悯的泪珠,化成碧绿的海子

倘若时间能够慢下来

很久以前,我们策马并肩走

低眉微笑,即使不说话

已经很美好,倘若不说永远

望一望月亮,仿佛

又过了一生

摸不到的光

经过母亲左侧，她并无反应

牵着她右手，才能喊出我的名字

而母亲依然认真地做早餐、午餐、晚餐

照顾院子里的花草，按季收割蔬菜

甚至父亲住院，与他往返医院的两年里

从未说出摸不到的光

和无法拉开遮住眼帘的黑

越来越模糊的风景

多彩的生活逐渐褪色

母亲把疼痛磨成茧，化为蝶

举过头顶的慈悲与细雨和风

母亲心中始终点亮一盏明灯

说好的青春

一呼而应的青春年少
阳光午后，洒落在校园林间
远处，山挨着山、肩并肩
将一栋栋屋宇温柔地揽在怀里
而湖面，白玉般的水带
把心情分成喜悦和感伤

青青河畔边
或是倚栏静思
或在绿枝门里穿行
或是在紫薇、木槿花前闻香
是否年华装饰了蓝天
朵朵云彩气势宏大

阳光水岸
最撩人欢喜的是故人的笑容
几句熟悉的话语，笑声响彻校园
曾经的理想，做过的梦

收藏在不朽的青春里

少年锦时,看那花开

有谁爱过你的年轻

你的调皮

你的幽默

你的柔情

那静默的娇羞

又有谁在大海的那一头

仍惦记这里的青春

还是在深夜里的一声叹息

唯有月亮懂得

从此岸到彼岸

沸腾了一季的赞美

风停后恢复平静

墨池浮起新的旅程

潋潋波光，迎风向着远方

风尽头，有盛大的秋

翻过一座座山，一道道山梁

神灵指引，祥云相伴

潺潺溪水雀跃

诵经声隐隐约约

阳光挥洒而下

寺庙层叠而上

我们端坐莲花中央

同一片星空

天阔,星渐浓
正是金凤玉露暑消时
秋菊未肥,新桂已送清香
庭中树影婆娑,花影落满砚台
以一颗莲的心执笔
黑夜透着无比惬意

月亮肩上挑着人间的冷暖
飞鸟安抚过,小草爱过
生活逐渐被月光扶正
当疼痛不断被提醒
我不再与自己计较

纪念日

初秋的清晨,凉风微醺

梦中最亮的北极星,七彩光环

浮现在我的天空

在这一天,淡淡幽香围绕

在我身边,花儿安静开放

当月牙挂在树梢

愁绪上心头,徐徐凉意

按住心口的疼痛

我还在重复你的悲喜

与信仰,虚假的勇气

不知要越过多少这样的夜晚

我才能按照你希望的样子

欢笑穿透绿意,盛开如花颜

如同坐在有你的,柔软时光里

写给很久以前

灵魂,像风
凝固了曾经的故事

不曾远行,只为
昔日笑语仍被封存

心中的云山依然洁白、翠绿
老树用时光守望

和弦骤然飘出窗棂
旷野的草芽与轻盈的灵禽,跃出

秋与冬的界线
被一抹白雪标成时空的界面

密匝的绿萝蔓披在断垣上
忧和喜都将付予今生的回忆

浮生若梦

紫竹一个春天跃过屋顶

使君子与紫藤努力攀升

一夜之间把夏天撑过头顶

而池塘的锦鱼上下穿梭

执念,栖身在莲花的静思里

花下,看一只蚂蚁搬家

不觉已过半生

风按住思想

看云人驿动

斟满一盏上弦月

是否需要知音来叩窗

如果时光是一件云裳

入梦的旋律,沧桑悲凉

如果梦醒还不能解愁

时光未央,素心

是否也能蓄满芬芳

走进画卷

山峰,忽隐忽现

与清晨的云雾交融,浓淡相宜

一卷山水画,缓缓展开

古寺,在淡淡阳光中苏醒

叶心供奉一颗颗晶莹的露珠

格桑花争先恐后开出吉祥

飞鸟环绕寺庙,自由飞翔

时而有美妙的高音

时而低声吟唱

屋檐下风铃,叮叮当当

金风拂过虔诚的心

梵音从天上来

第五辑

写下深情的远方

最美新疆（组诗）

遇见最美的你

月亮拉开序幕，星星写着期盼
东南到西北，思念气息弥漫夜空
柔美草原，热情戈壁
巍巍群山，幸福的海子
广袤无垠大地，驰骋欢快印记

月是光的洗礼
左手疼惜，右手幽香
等清风徐来，等月亮升起

哭着，笑着，难舍分离
缘起相拥，温柔呼吸之间
不说过去，不谈及未来

路过你的悲伤

木桩,深深扎进草甸

绳子一寸一寸丈量你的方向

清微的风,拂过你的温柔

我走近你,想与你说人世间的美好

告诉你尊贵与卑微

其实南柯一梦

大快朵颐的牙祭

终应交还大地

乌云遮住照在你身上的阳光

乌云这爱哭的孩子

淋湿你漂亮棕色的衣裳

乌云将风吹进你的眼睛

和我的泪水里,当我再靠近你

再靠近你一点点

你跪下双膝

在三道岭

连绵天山戈壁深处

两百多年血汗挥洒的土地

滚滚白色浓烟在千余平方矿区喘息

地心深处老树渴望地呼唤

千年蛙在黑亮中歌唱

梦想,随清晨的太阳升起

飞向远方

辽阔大西北,我意志磨砺的骨骼

敲打荒芜的故土

我泪水淌不尽的大地

夕阳余晖勾勒归来的沉重

逝去的光阴缓缓穿透我

我想起父亲坚定的目光

新疆姑娘

不来新疆怎知大地有多大

冰山神圣,雄鹰翱翔

说不出热情的火焰

关不住自由、勇敢的心

不做　回新疆姑娘

头顶着蓝天,手捧朵朵白云

翠绿的草原如毛毯柔软

你怎知英俊的套马杆汉子

奔跑在草原上，那么威武

用生命守护美丽家园

心爱的新疆姑娘

清澈歌声随风荡漾

巍巍昆仑，连绵天山

秀丽的阿尔卑斯山脉

在阳光下向远方律动

纯净藏在姑娘明亮的大眼睛里

我心爱的新疆姑娘

海枯石烂，永恒的誓言

你的爱有多深，日月就有多长

彩色梦

谁家淘气的孩子打翻调色板

搅一湾海水做涂料，尽情涂鸦

把悲伤涂成温暖

把仙女的白衣裳涂成妈妈的爱心

把山石涂成快乐宫殿

把彩虹桥架在童年梦里

把祁连山嵌进时光

听花开的声音

生命之花

开在云彩的眼睛里

大地跳动的心脏

搏动在大海深处

如同在妈妈怀抱里

听,那是黄河恋歌

那是唐古拉山连绵不断的呼吸

那是大漠孤烟的绝唱

那是戈壁滩上坚定的马蹄声

那是春风化雨的乐章

那是故乡说不尽的故事

那是我们一起走过

闻过每一块土地的气息

那是我紧握的铃铛在欢响

那是君住长江头

我住长江尾的诗篇

那是阳光照在心中的雪莲

开出千年的等待

那是我用生命为你
绽放的永恒和美丽

奔向白云深处

这么多年
写最初的自己
寂寞月光,落地哭泣
深藏在我的笑痕里
烙印在我心中的伤

大地次第盛开,悲欢离合
有人窃喜上天的恩赐
有人在黑夜将悲伤拉长
太阳努力升起温暖

散落在叶子掌心的露珠
晶莹,折射七色光芒
鲜花真诚,清风笃定
看,那奔跑的白云
时而飞舞向上,时而盘旋回望

168

甘南行（组诗）

幸福降临

甘南合作，甘川青交界处

东连卓尼，南靠碌曲

北接夏河，西倚临夏

日月同晖，人间天堂

合作，黑措

这里是黑色羚羊出没的地方

这里是诗歌的摇篮

是诗和一路向西的远方

是诗人扎西才让、牧风兄的故乡

鲜花盛开，这是卓玛最美丽

扎西最英勇的季节

为各族兄弟姐妹献上

辽阔大草原和心仪的歌谣

这里是来自海上丝绸之路

大海的女儿，用双手接过洁白哈达

醉人的微笑和喜悦

用美酒歌声拥抱草原

写下深情的远方

爱在路上

青稞和小麦孕育的草原

成群的牛羊宛如珍珠

忽暗忽明，忽快忽慢

伴随洮河流动，彩色经幡迎风唱诵

骏马唱着自由的歌谣

牧场炊烟袅袅升起

一曲欢快乐章律动

白云一朵一朵，开出平安吉祥

放飞的心跟着希望飞翔

淳朴、清新，触手可及

走在爱的路上

草原的芳香

我怕我会爱上这片辽阔

爱上桑多河流淌的多情

我怕我会忘记草原送给我

龙胆花、格桑花、雪绒花
翠雀花、金莲花、大火草
紫菀、马先蒿、卷丹……
九色的幸福与吉祥

今夜,万物在月亮下升起
我在月光里种下
一颗,长出彩虹的心

守 望

草原的日子很慢
慢得喊出半句甜蜜话语
可以回味一生
慢得像读完一本书
足可以用完所有时光

草原安静的海子
一朵花拥抱另一朵花
一个生命延续另一个生命
一层又一层波光流向远方
老鹰掠过,飞向远处山顶
草原的小田鼠晒着太阳

探出身子,正在等待

扎西和卓玛约会的密语

打开草原富饶的源头

成群的牦牛和藏羊传来歌声

穿透雪山,穿过毡房

缭绕阿妈和阿爸在玛尼石上

写下的,地老天荒

郎木寺的笑声

绛红的法袍晃动

金黄色的野菊迎着小溪欢唱

白色墙头,七彩经幡飞舞

笑声吱呀从门后洒出

一群小喇嘛抱着书本挤出大门

奔向小卖部

奔向另一间学堂

奔向郎木寺的各个角落

三个十几岁小喇嘛,淡然经过路人

两个年纪更小的小喇嘛热情为游客指路

一个小喇嘛绽开高原红的小脸做鬼脸

我分不清阳光下的影子

究竟是他们,还是我

举起相机记下天真无邪的瞬间

可爱的小喇嘛用标准的普通话对我说

请删除,删除,删除

聆听风的声音

风从天上来

祈福声声

吉祥洒满山冈

听,你的名字、我的名字

我们的名字

清新、光亮、久远

听,风经过的街道

繁华过后万般寂静

听,风经过的梦乡

孩子们开出甜蜜微笑

听,风经过的月亮

妈妈舒展美丽的脸庞

听，风经过的大地

格桑花一朵朵

开放的声音何其清脆

蕨麻猪的烦恼

进入迭部

树木茂盛，奇石林立

进入迭部的村庄

向日葵探出土黄色墙头

青稞晒了一席又一席

卓玛和阿妈顶着烈日翻晒荞麦

裹得严严实实的脸上绽放光彩

走在迭部的马路上

电线杆像五线谱挂满山坡

不远处金顶寺庙里传来螺号声

和连绵不断的诵经声

一只轻巧的黑色蕨麻猪

拱着嘴在寻找蕨麻、虫草、川母

瞪大黑眼睛看着经过的车辆

和远道而来的我们

短腿跑得飞快，不一会躲进树林

逃离今晚主人为我们准备的
烤蕨麻猪盛宴

扎尕那画卷

是谁在天空泼下水墨
连绵起伏,黛青色的丘陵
山峰尽洒雄劲的线条
金色的麦浪,邀请云雾共舞
太阳,点亮画心
手捧蓝天的藏民,把草原酿成
一壶壶醇香的美酒
迎候远方朋友的猎奇
画轴深藏,一颗柔软透明的心
落款是固守永恒的誓言
亚当夏娃在人间的留白
是种在石头里的秘密

玛曲盛宴

八月,玛曲格萨尔赛马会
骏马奔腾在草原上
英勇汉子挥洒豪迈和智慧

八月，黄河第一弯

温婉、平静、清澈、向海

绿色的草甸，悠闲的牛羊

点缀在夕阳映红的弯弯河道上

一朵白云像一只远道而来的白鹭

随夕阳羞红的云彩翩翩起舞

热情的主人已为我们准备好

手抓欧拉羊、藏包子、蕨麻酥油米饭、奶茶

还有盛满青稞酒，银碗里的一轮明月

月亮升起的地方

今夜不谈夕阳映红山脉，如何动人

明月清风下的山盟海誓

不谈雪山下卓玛嘹亮的歌声

今夜，大西北一望无际的荒芜

货车扬起尘雾，能见度不足十米

身处四千二百米海拔，头晕、胸闷、耳鸣

今夜，穿越甘肃、四川、青海三千五百公里

如何才能在安静的小镇，放下疲惫和担忧

今夜，心提到嗓子眼行走

没有尘雾，没有灯火

今夜,信心和信念在高山上穿行

此刻,只有活着,活下去

只听见家人的期盼

呼吸跟随山脉起伏

三尺之上的神明啊

宇宙万物指引者

请照亮我们

散落在人间的小精灵

洁白的哈达,献给纯洁的阿玛

献给人间天堂扎尕那

雄伟的石林张开臂膀

层层叠叠金黄色的麦田

在云里,在雾里,闪烁生命的光芒

阳光下的小精灵

随炊烟尽情舞蹈

而我羞涩于

只能像一朵即将盛开的雪莲

静默伫立

初秋的青海

天还是那么蓝
那么透亮、纯粹
金黄色的裙裾散发青春

连绵不断的山峦
是你温暖的怀抱
白云一朵一朵挂满胸前
满山遍野的小花,生生不息

春天,候鸟从你怀里飞出
思念一点点消失在远方
秋天,又将我的梦带回
爱的潮水,缓缓向我涌来
我别无选择,只能爱你

从你心中升起的太阳啊
照耀我为你种下的三生石
生生死死,永不分离
当我悄然离去,初秋的青海湖
落下第一场大雪

那年那雪那山（组诗）

大昭寺的阳光

午后的阳光
把影子退到低处
阳光穿过云层
照耀身心无比清澈

头发花白的老人，或是年幼孩童
合十，又一次匍伏
目光执着清亮
顺时针转大昭寺的朝圣者
摇动转经筒
无所忧，也无所愁

大地的孩子啊
手捧洁白的哈达
头顶蓝天，沐浴阳光的喜悦

在所有能到达的地方

铺满誓言与信仰

过通麦天险

有如川藏的蜀道

千仞绝壁，飞瀑直下

时而天气骤变摇落飞石

而通麦大桥和两座老桥，相守屹立

汹涌的帕隆藏布江拍打礁石发出吼叫

勇敢的人们啊

过了通麦天险

就是春天

等风等雨等花开

春风拂面

吹皱一泓海子

清晨的阳光为雪山披上金装

伴随湖水律动，翩翩起舞

古村落升起袅袅炊烟

成群的牦牛像黑珍珠散落山间

彩色水磨房前,藏香猪欢腾

牵着骏马的扎西,俊俏的脸庞

开满吉祥喜乐

一株一株桃花热情似火

粗壮的枝干狂野地指向蓝天

树下,有一个女子

凝成三月的春天

天空落下一场桃花雨

天　路

雪山矗立

风马旗自由歌唱

桃树开足花骨朵

碧绿的青稞衬托层层愉悦

守住心中的圣洁

从终点又回到起点

每一次俯身,丈量大地

跋山涉水,磨砺意志和勇敢

喜乐盈满天堂之路

一次次轮回。涅槃重生

灵魂如风，清素唯心

止止如如，春暖秋明

然乌湖畔

天暗下来

雨后海子

得不到观众的喝彩

黛色的松树沉默不语

四面环绕的雪山

用纯洁呵护湖水

半山腰，杜鹃花伸出嫩芽

相互搀扶

五颜六色的温度

像一道彩虹

从帕隆藏布江源头

奔向人间

在南迦巴瓦山下听雪

谁揭开神秘面纱

酝酿初春的羞涩

似闪电,似火燃烧

旗云环绕,升腾而上

轻灵的云瀑如白缎滑落

若隐若现的雪峰,既近又遥远

与大地、海子,融为一体

怎能辜负下了这一夜的大雪啊

春天的仰慕者捧出神圣

马背上的天堂

春天满山遍野,争艳的杜鹃花

向山谷小溪张开怀抱

夏季郁郁葱葱的云雾,从山中飘过

牦牛、骏马、藏香猪……

秋天满目金黄

为冬季收获殷实的喜悦

转山路上,放下悲伤、疼痛、思念

珍珠般温暖的笑容将整座雪山

一点点串起来

树叶踮起脚尖

经幡挥动舞袖

风穿过山谷高唱

梵音在心中回荡

斟满美酒,共献哈达

轻盈舞步

地平线上升起一颗赤诚的心

贴着大地连绵的呼吸,双手合十

转山转水转佛塔,转过前世今生

光芒穿过云海,雪白的山峰

捧出彩虹一道又一道

缘,妙不可言

云南雨崩,雪龙客栈右墙左下角

你的名字,我的名字

在这里相遇

是否和我一样

在卡瓦格博前许下心愿

在曲纽崩顶庙唱诵经文

在清澈的小溪洗涤心灵

转动经筒,转动着因果

奔跑在草原和马儿呢喃

星星点缀这奇妙的日子

我与你系上同心圆

莲花在心间盛开

记住这人间天堂

质朴的藏民,可爱的生灵

守住真诚

还有这个奇妙的缘

站在太行山顶

上北台,一天经历春夏秋冬

上北斗峰,云在山腰走,拨转斗杓

我艰难地爬行山间

而牛羊在陡坡自由信步

据说这里的天说变就变

时而晴空万里

时而乌云满天

时而倾盆大雨

时而情绪万变

时而无常

而我能改变什么

十月后封山

大雪纷飞,大风起时

信念牢牢抱紧石头

漫长的冬天,在寒冻中

诵读一世的虔诚和大爱

早　课

星星正浓,月亮含笑

掌心捧着满满虔诚的人们

收起荣耀和卑微

跨进寺里被平分成男众和女众

似点点繁花,发着微光

暮鼓鸣起,闭目聚神

领诵的经文反复翻滚

第一回叩拜,有人顺势长跪,藏起倦意

第二回叩拜,有人坐下歇息深思

第三回叩拜,挺直腰起身的菩萨

神情犹如即将升起的太阳

徽州情（组诗）

王子与公主

不是站得高才能看见远方
傲慢与美丽，或许需要付出
折翅的代价。收起翅膀凝望
曾经的王国亦错落分布
演绎爱恨情仇

幸福只是美好的传说
水晶鞋遗忘在舞会
深夜里，南瓜马车飞驰
梦醒时分终将让给现实
请倾听夜空星子歌唱

不是相爱的人才能拥有
阳光、雨露，如果能俯身
贴近大地呼吸

看那澎湃的潮汐,清风朗月

自由飞翔,每一个思绪

太平湖上

秋水长天,风吹开云朵

湖面洒落无数宝石

远处马头墙上枫叶红了脸

阳光在山居人家的屋顶灼灼生辉

金黄色的银杏与停泊的船相互倾慕

山峦,层林尽染

曾经的老屋写着久远的故事

山路逶迤,串起阵阵笑语

惊动宁静的湖水

以水为镜,莲花开在水中央

查济,一座用心呵护的古村落

水墨洇染渐开的梦

线描运笔的气韵流畅

观画人缓缓摇风入镜

秋妆浓抹是赴宴最好的心意

生灵捧出质朴的热情

高空展翅的白鹭,开口笑的小狗

慵懒的小猫,探出墙头的枫叶

银杏叶纷纷欲坠

桥上人家种满鲜艳的菊花

桥下溪边粉红色野花向高处延伸

一名男子叩门,寻找屋内繁华的故事

而我以一袭汉服与忽远忽近的气息

走进画卷

老人邀请我们品尝自酿米酒

布满老茧的双手剥开果子

屋顶与地上晒满秋天的喜悦

我听见清音

从清澈的小溪缓缓淌出

踏歌行

抚琴台调弦

拨弄清音,伫立亭阁

箫声穿过云雾,烟火缭绕

晨光熹微,翠鸟送音

花下有人轻轻和

枯枝苗芽唱出新词

一步莲花,一步缘

一山一脉忆连绵

南琶北琵乐相近

直到春尽繁音落

日暮,寂静聚拢江头

撑船人点着灯笼

红光燃亮江面

乌篷美人挽髻插簪

箫声轻摇幽梦

画船人,临窗借月光

寄风花笺

秋风辞

乌桕树影在白墙流动

依次被点亮的红枫、银杏、黄杨

即使是一片叶子绝不吝啬热量

竭尽全力等待

落羽杉映染小溪

潺潺穿过如宝塔叠落的小村庄

灯笼柿子成串挂在树梢

秋风起时,幸福的歌声弥漫

沉默一年的老村庄沸腾起来

四面八方涌入仰慕者

晒秋图里一簸匾一簸匾玉米、南瓜、辣椒

还有五颜六色的人们在跳跃

老屋前竹篱笆抵挡了寒冷

或许你可以静坐在窗棂竹帘下

在幽篁修竹的桌旁,煮一壶清茶

一起沉入夕阳

镜　中

一棵柿子树守住白墙黑瓦的孤寂

几声鸡鸣唤醒烟云缭绕的小村庄

有人登上天台试图探寻

起伏跌宕的马头墙爬过的岁月

我分不清是风霜染就的白雪

还是闪烁的阳光如此让人着迷

孩童眼里发出的光彩

引我走进古巷

小溪经过的人家种着白菊与黄菊

灯笼下红色泛白的春联寄语愿望

银杏树下写生的孩子总想带走什么

却不知不觉成画中人

又有谁关心

木雕门后那位老人的艰辛

小姐楼阁上的绣球,又是抛给哪位驸马

丁香女子的忧愁

有谁心疼,又有谁能懂

身后的灯光,瞬间记录

其实只是他们自己的情愁

你可否知道

镜中的世界,独具芬芳

我怎能不爱这深邃的人间

第六辑

在每一个含露的清晨醒来

潮涌,女儿蓝

大海延伸广阔的胸怀

蔚蓝的小女子,顶着天

海风拂过汗水浇透的脸庞

礁石为海浪开出的花朵,喝彩

年华拨动长调,石楼张开和弦

夜幕降临,围桌的琴声舒缓悠长

海风掀动一颗少女的心

花头巾里明眸流动

每一次拂动,海浪涌起

又慢慢退去,长长的沙堤铺开

一盏湿润的信笺,点亮月光

许久未敢说出的话语

如果海能接到天,海鸟在天空中

画出第一笔

感动的话,一生只说一次

一朵花的秘密,灯塔缄默

银腰链锁住一件衣裳的故事

一朵莲花在佛前涅槃重生

白堤在大海尽头，拐个弯

像是文章的逗号，需要将大海的蓝

洇染，而最好的气息

留给天空白

海洋之心

我所有的梦,源于心海
无限的蔚蓝是母亲的温床
孕育层层潮花,等待
聚起惊天波涛

信天翁的长翼,背来月亮
投入你怀抱,无数的种子抖落
撒遍潟湖与礁岛

风不停,星无垠
塔希提女人,用古铜色身躯
围成圈,成就高更笔下的浪漫
热烈而荒凉

朦胧罩上朦胧
蓝色套着蓝色
水花啜饮改变了,沙滩的岸线
三角帆降下,那是库克船长的
白色纱绢

一个声音久响不已

像蓝鲸深沉的情语，由远而近

滚过沙滩，踩上两行足印

足印叠吻一起

我所有的梦

诞生于向往的海

无限蔚蓝，何其轻盈

摇漾你的眼我的眼

梦如海，海无边

望　海

潮水退去,寄生蟹顶着重重的房子
时而钻进沙洞里,探出头张望
海水拍打礁石,开出朵朵白花
一束光挣破云层,展开巨大锦屏
停靠的小船,随着光影律动

最初亮起来的是西边的灯塔
微弱的光芒,一闪一闪
渔民收起空网回家。远处孩子扶着父亲
登上最高点,像极了正飞翔的海鸥
展开翅膀

镜头里,往事涌上心头
熟悉的人清晰,又逐渐远去
彩霞还未浓烈,早已变淡
海风吹乱头发,裙摆静止
只有站得挺拔,才能看见海面
夕阳那彤红的脸,慢慢沉向大海

写给自己的情书

独爱黄昏中的夕阳

琥珀琉光,大地张弦

晚霞变幻着背景

初生的红,青春的玫瑰色

蜕变,深沉蓝调

紫色岁月,沉淀

这时候,似乎陶醉于生命的色彩

而需要一步一步修整,一点点忘却

壮丽或是黯沉,所有情绪

一阵微风就可以唤醒

水面升起一轮明月

柔和的目光与湖水一样平静

心慢慢融化,月亮在水里

那么清晖、庄严

枕着四季的序曲入眠

风醒着，湖水流动，小鸟轻唱

在每一个含露的清晨醒来

我仍是少年

胭脂扣

琴箫和瑟

江南水墨留白

借春风画幅君容颜

襟上开满百花蓓蕾

任千山飞过的云雀

雪峰升起的明月

在你唇边轻轻掠过

宛若月牙儿,弯成蚕眉

腊月梅与二月兰,牡丹或荷花

枝影横斜摇落的词

青山依旧

红色的燕尾脊,屋檐下筑起鸟巢
鸟儿衔来种子和月光

阿嬷头上的花园,住着一家人
大海潮汐潮落,系着那头太阳升起的心动

风来了,还未离开,山已经开始思念
那封迟迟未捎去的信,留在春天

你是我正好的喜欢,我喜欢的正是你
在你看不到的拐角,伞下落满花雨

走过的小桥、亭阁,叫不出名的小花
若隐若现的青山,划出美丽弧线

听海风吹进梦里的声音

古城的一草一木,平等

小狗倚着老鹅做着梦

孩童在门外探着头,呵呵笑

彩色的人们涌入城门

白云收起衣裳,飘进雨后城楼的上空

燕尾楼红砖、绿瓦,以及残缺的石柱

每幅图腾诉说着老城拼搏的历程

古城阿伯又拉开话闸

没完没了描述抗击倭寇的惊心动魄

洋楼的门紧锁,门外的对联封上泥石

联楹上方举着信仰的旗帜

观潮楼的阿嬷介绍古厝的来由

门口茂盛的锦凤花与芙蓉

盛开兴旺

城隍庙门口榕树下围着尝鲜好奇的人们

妆糕人老伯八十好几

挤满的皱纹看不出喜乐
作品美与丑似乎已不重要了
于他肩上升腾的袅袅香火
也许才是生命的意义

观音庙前的香炉有双龙护法
平安吉祥四字向着老街延伸
观音亭十八号,有阿嬷的老井
老灶台时常飘出萝卜咸饭香味
经过的异乡人驻足、探问,关丁家
关于老街那被红灯笼高高挂起的繁荣

海风轻拂脸庞
浪花一次次亲吻礁石
海鸥挥动翅膀向着远方
归航的心渐渐靠岸
回眸,一个转身
与千年相遇
爱,流淌在空气中

一生中最快乐的事

立正、坐下、开口笑
这是我喜欢你完美的表达方式
迎着熟悉的声音、熟悉的味道
我给耳朵装上翅膀
雀跃，一次比一次跳得更高
以至于你可以看见我眼中的你

我可以交付给你的，已经是全部
人间的样子，有人喜欢
有人避而远之，这恰恰是我的威武
守护我们家，赋予我的神圣
庄严使命

这是我一生中最快乐的事
与你的身影舞蹈，每一个音符
正好也是我喜欢的，从日出到日落
请原谅我是初学的舞者
在天黑前，请让我为你架一座彩虹桥

卑微,或是高贵

我如何能延长与你在一起的时光
如何能让你看见我眼中的你
卑微的微光支撑能给你的全部
哪怕是无数次犯错
心如此绞痛
而如果我的悲伤,能够引起你注意

风追赶着云
月亮里有说不完的故事
能让你说起的,远远微不足道
喜欢你能提及我
有点捉摸不定,有点执着
这恰恰是令我骄傲的
在黑夜里
孤独地发出一声叹息

夜光中低语

要将月光串成几个圈

才能与你相见，钢琴声嵌入骨骼

曾经的你，印痕满满

星星点点，落在肩上的伤

记忆在我心脏穿行，木棉树下呢喃

使我无法呼吸。橙子的香，剥开秘密

月亮始终藏在云层后面，朦胧的光

流动。绕过河流、山川，你身后的

黑森林，需要点一盏烛光

倒映，欲燃的余生

痛

灰色与她格格不入
值得欣慰,她的孩子呈现出她的性情
她在人世间早已忘记情怀的宿命
唯有骨子里不经意流露的坚强与优雅

她在他过世前说
因为他,过得很不好。
而他在离世那一刻泪光映现的仍是她
直到最后一口气,也是为她而留

生死,一念之间
轻过地狱人间的痛
超出她的灵魂,可以承负的重量
她像一首残缺的诗,没有人能读懂
包括自己

一段拙朴的小时光

从地球的东部一路向西

一片被时间滞后的土地

载满希望的青绿,庄稼连绵

肥沃的土壤尽染沧桑

停息战争的人们

重燃生命的渴望

城市屋宇,包裹被创伤的骨骼

充沛的雨水丰润,挣扎中的植物

屋前,玫瑰红得垂涎

紫得发亮的花骨朵

酿出甜蜜和岁月

我赴约而来

不知愁的孩子,展露笑容

唱着民谣儿歌,邀请加入他们

当我握住他们的小手,捧出

永不斑驳,赤诚的心

生命是个奇迹

如果没有战火烽烟

如果没有贫穷与疾病

如果繁华过后,寂静重启

如果在夜里思考,检验真理

如果诗歌是一种信仰

请允许我,带上爱的温度去流浪

风和日丽,茵茵芳草

山坡野花怒放,牛羊的铃铛声渐近

月亮缓缓升上夜空

当彩色的光,经过我的身体

那是神赐我

爱你,与接受你

爱的能力

如果时光能够倒流

穿过黑森林,有鹰在天空飞翔

黑色的翅膀向着绿地,刚剪完毛的羊群闪亮

交出全部,点缀草原恰到好处

各种屋顶如从小朋友的画剪出

随心的角度,预示着冬天厚重的白雪

掩藏不住坚贞古老的爱情

雪峰不寂寞,有云

冰湖倒影,有雪松、有云杉

还有流动的瀑布作陪

森林中传来歌声和鸟鸣

有人在湖边挥舞彩色丝巾

有人在老树前怀念青春

有人在湖里遇见

波光粼粼,摇接来生

烟雨下江南

细雨蒙蒙,杨柳拂堤

箫声吹皱一面湖水

琵琶声声,沁满花香

亭阁楼台,清音幽幽

佳人倚岸浅唱

早市花色熙攘,白堤仙气如烟云

老树枝丫摇落一地金黄

油纸伞隐隐约约消失在长巷

秋香是否又在思念唐伯虎

乾隆皇帝能否再下一次江南

流年似水,随梦中人走进画里

摇橹声荡过桥心

白鹅扬翅引吭

桥上有人在看风景

吴侬软语轻轻入耳

听评弹说书,勾起往事

吴侬语和南音

红装轻踱小巷

串起白墙黑瓦

绿树掩映船舱

吴地微雨轻打

花伞颤了颤

撒下一地笑声

均匀铺满石阶

或挂满柳枝

忽然几声箫声

恍惚了故事的来龙去脉

南音带去的古韵

如何才能将这方水吹皱

柔软的秋

加入盛大的秋天

是多么幸福的事

将热情藏进果实

随风拂动树梢

雨珠滴滴答答

音色刚好

铺开满地金黄色的地毯

很想欢呼

邀请童年起舞吧

枝影摇曳裙裾

笨拙地移动温柔

那时

花开正好

雨自顾地下

你在看我

我在笑

水墨翩

水
水邂逅墨
黑白相和,吟咏古今乐

墨
墨相遇砚
方寸诗篇,书写天地色无穷

三五尺案牍
应是无数鸿儒
呼风唤雨挥毫泼墨
墨中春秋,墨中愁
墨中你情我意浓
千般壮志,万种风流
聚散离合
浓淡相抹
只一口气
尽付水墨蔓洇

216

茶　语

整云裳,梳红装
情到深处
音乐缓缓升起
从此岸到彼岸
从繁华到平静

一壶茶,一生
水云间,山涧
树香花香,一花一叶
热水中重生
唇齿留香,翠鸟已上枝头
清风抚过心海

真与拙,清静,回归
簪花接福,听香
低眉问,春已逝
抬眉,夏天缭绕

大雪,母亲归来

不难在人海里找到你
我的缩小版,套着我的衣服
我的背包,我的行李箱
那即将落满雪花的长发
稀疏睫毛掩饰不住的泪水

用尽全力
我无法阻挡身后的寒气
母亲不知所措地打了个冷战
轻声说:其实我不想回来
虽然每日每夜不停诵经

送上满目青山
云香,花雨
这盈满思念的月牙
这修炼成晶莹透亮的冬天
如果还需要用一生来偿还
我奉上来生,够不够

妈妈有一支神奇的笔

每画一个圆,困在屏幕里的世界
与堆积在数字的情感,复苏
厚重思想包袱,慢慢卸下
让眼神收回迷离,专注于
围桌和家常

高举智慧之光,照亮
前行路,偏离轨道的游子
及时归航,穷其一生欲望
在舍与取之间,懂得收起翅膀

圆镜折射七色彩虹桥
在风的起跑线,水珠飞舞
向着蓝天,升腾
而妈妈始终站在原点,手握
一支能画圆圈的神笔

风很轻,影子更轻

湖水梳理镜像
皱纹一层一层缓缓褪去

翠绿的影子,收起
心碎的声音

羽毛拍打阳光
还原人世间真实与轻盈

伫立,回望
为自己跳一支舞

微　光

　　俯身,亲吻温柔的湖水
　　抖落俗世的悲戚与疼痛
　　飞溅的水花飞舞、坠落
　　交出卑微和敬畏

　　翻动喜、怒、哀、乐
　　一个透亮的世界正在变化
　　交替。月亮接过太阳的使命
　　为谎言披上善良的外衣

　　喝彩,或是执着
　　迷人的繁华绚烂
　　褪去华丽,孤独的人啊
　　在长夜抱紧自己

想象飞翔

飞越雪山、森林、村庄

海子五彩斑斓,星星点点烟火

升起高度,调整频率排列

整齐翻阅画面

水中笨拙地起舞

觅食,隐藏,或者伪装

而总是忘却母亲赐予我们生存的本领

唯有与大自然同呼吸,才能还原生命的本色

放下虚假、安逸。展开翅膀起飞

十米、一百米、一千米……

直到接近天空,接纳所有色彩

云雾打湿羽翼

风动摇不了我的信心

飞翔吧,诗与远方

经纬相遇,有一颗启明星

为我引路

云　想

云朵划向湖心,天空亮起集结号的灯塔
奔跑,飞驰,展开翅膀聚拢

消失的歌声,从另一海岸升起
未到达的转音,雷雨声空中接力

一朵不忍凋谢的花朵,藏起喊疼的力气
一条鱼搁浅,只有大海懂得

四月,被春天遗忘
杂草接着天,大树将忘记拥抱

草木人间。曾经,回忆
泪水在天上走

画

闪电,是伟大的画家

每一笔线条震撼,点拨人间

一道魔咒,与善良、正直

奔驰在阳光中,融入大自然

闪电,亮出神圣,万物复苏

紫燕在屋檐筑巢,预报佳音

小草不卑不亢,在低处向着太阳

捧出谦逊和卑微

慢慢长大的爱情,像闪电

追逐风,编织云彩

所有事物都朝向温暖

而瘦了的忧愁与惆怅

将隐于久远的回忆

仰望星空

思念举起一轮明月,潮水涌动,浪花

波光粼粼

向着远方

礁石在歌唱,倾尽全力

海鸥掠过

不动摇

灯塔方向

星子洒满海面,一波一波

被我们爱过的星空,无痕

新　年

腊八,老人喝完寺里施的粥

小心翼翼抱回书法家的墨宝

仔细记下他们的模样,兴许哪一天

可以邀请他们,品尝自己的手艺

或者剪几枝山花,想象花香飘满小屋

他们脸上绽放的喜悦

村里的年轻人离家越来越远

送回来的孩子到了上学年龄,又回城里

每当远方客人来访

枝头上飞出的鸡咯咯直乐

此起彼伏的犬声,老屋热闹起来

老人摆上一桌蔬菜与水果

翻出箱底的新衣服,在阳光下

大声念出对联句子

就像每一天都是过新年

致月儿

从西北到东南

开启奇妙的圆缘

清澈,富足飞翔的心

月圆时,花鸟欢唱

月缺,树影婆娑

裁剪多余的忧伤

看着你,平实的日子

写下一封封透亮的花笺

年轻的声音

重绘我余下的花期

那一束光穿过森林

翻越山野,抵达湖面

洒落亮晶晶的宝石

闪烁的语言

多了一些象征

飞起的鸟群扶住树枝

惊动小鱼跃出水面

沉入深思，当天空的深邃

宁静重回生命的回响

我并不急于赞美

月亮之上

月亮将人间打翻,城市的光尽染墨色
白天的直述,抒情到了深夜
拐过几道弯,抽出誓言
断句被截取,这微弱的脉搏
怎能扶住摇摇晃晃的江山

一条鱼,冬天借桃花表白
捻动妖娆身姿,探梅花芬芳
蝴蝶的翅膀抖动,世界的背面折叠
小丑的面具被一层一层点燃

而掷地的音符,握紧春风的天真
穿过泥土、钢铁,深藏砝码的高山
歇息之处,那悬崖上端坐的诵经人
等一轮明月,从墨池捞出

一封未寄出的家书

亲爱的马,村庄是否解冻

冰雪划出一深一浅的线,搀扶春风

村口的老树,还在等我说悄悄话

窑子里的白菜剥离空间,蒸腾烟囱的米香

在屋顶活泼舞蹈,藏在柜子里的月光

是否爬上围墙

亲爱的马,达达的梦乡

像极了三月的流苏,你听

城市里太阳归巢,舒缓的前奏响起

小甲虫嘟嘟、嘀嘀穿过一座又一座桥

拽一把悲伤、惆怅,却把欢喜唱诵

大海卷起风浪,河流湍急地奔跑

怀抱敬畏的躬身,而高傲拉出长啸

落在天上,树里,一朵小花

长出,黑色果实

穿过谎言的光,风霜辗转

枕着泪水的呓语,解了又结

亲爱的马,这里的月亮

不是家里的月亮

长在青苔里的阳光(组诗)

花间词

相爱的大树是牵牛花的床
牵牛花躺在他上面
不眠的爱恋拂开明亮的眼睛
一眨一眨地亮出星空

白色蛎壳墙光影舞蹈
慈悲从低处向远方延伸
每一朵格桑花绽放童真
静坐在放生池边的菩萨
正一点一点地收集月光

石　语

山连着天,天上人家
熙熙攘攘风声起,翻动绿浪

白云苍狗,制造奇峰、峡谷、海浪

云下,你的影子正与岩石对话

古时的字迹已经模糊不清

而生机盎然的藤萝依然爬满石墙

从石塔后面扑腾飞出的麻雀

显得太多嘴,不经意间唱出秘密

蝴蝶说出热烈

蝴蝶纹饰树林

美丽的图案扇动犀利

一道微光,令敌人悚然

谁能懂得真相背后

经过痛苦的磨砺

盛夏,知了叫得更欢

真诚与否,陌生的热烈

不及阳光、雨露,或是

穿过竹林的一阵微风

阳光长在青苔上

山中，寂寞的小屋被你点亮
松林起伏，那一抹红枫
需要爱人用心的温度
去呵护一生守候的名字

携琴看鹤，枕石盼云
许自己一片晴空
阳光长在青苔上
你在阳光里

牧　心

清水清，青山亭台
北山北，立地修炼
仰望高山，沐浴晨曦与日暮
风雨侵蚀的石刻，不动声色
高高低低，景仰自然
与老树、古祠，迎风
微微唱诵

附　录

如果有一双翅膀

风一样的女子

——读芷菡的诗

叶　宁

认识芷菡,缘起于某个诗歌群。

在群里先是见她和一群女士一起唱南音、弹琵琶。渐入佳境时,又见她玩起了单反。很快拍出了像样的"大片",而后她又抓起了画笔,素描、国画越画越好。总之,我总是惊讶于她各种玩,平淡无奇的生活,被她弄出了一个又一个花样。

这真是风一样的女子,从来不甘平庸地活着。

她生活的泉州,自从晋人衣冠南渡到此,留存了比其他地方更多的古汉族人文精华。我相信,一个地方对居于此的人,是有滋养作用的。芷菡这个风一样的女子,也是古风犹存。2014年暑假,我全家去厦门旅游。芷菡知道了,邀请我们去泉州玩。因为时间紧,不能成行,她干脆带着全家,开车到厦门和我家会合。带着我们跑景点,请我们吃海鲜,非要尽地主之谊不可。这份真诚,我还能拒绝吗?

好在上大给了我奉还这份情谊的机缘。芷菡的儿子在南京一个非常美好的大学读书,这样,芷菡来看儿子,我自然有机会尽真正的地主之谊。我们在大学浦口校区散步,陪她感受儿子的大学。她的儿子在大学里收获了爱情,芷菡挽着儿媳,像多了个女儿。真羡慕她。

我们一起去珍珠泉的定山寺,听住持智光大师开释。定山寺在禅宗的历史上其实是真正的祖庭,当年达摩一苇渡江之后,至江北的定山如禅院驻锡。后达摩去河南嵩山,创立禅宗。定山寺的大雄宝殿年久失修,智光大师发愿重建了一座世上仅有的全红木大雄宝殿,我们一起瞻仰了这座雄伟的木建筑。

在水乡高淳,我们一起去圩区的水上人家。吃土菜、寻大闸蟹。我注意到芷菡已将她心爱的、笨重的"无敌兔"(CANON5D2),换成轻便的"阿尔法7"。她一定也是在不停地做着减法。

减去可以减的,绝不减品质。这就是她,就像她一直欣欣相伴的诗歌,不但不减,反而一直如礼佛那么虔诚。

从她这本诗集就可以看出。在《因为有你》里,她写道:"那时我们把春天当作神祇/主旋律沉稳,我的眼泪/找到了海洋/……/如果今生不能爱你/我的生命还有什么意义。"这就是她的真诚,像她的名字一样满满女性的情愫。

芷菡像簪花仕女,在诗里反复倾诉,小女子的倾诉总有动人之处。在《彼岸花开》里:"此岸,飘零比孤独还瘦/花沾满衣襟,清风盈袖/……/只愿,当我望着你的时候/你能为我转身。"这简直就是一位仕女弹着琵琶唱出的南音。

而"……研墨的是我/吟诗的也是我,风一吹/每一朵梅花,开出喜欢的模样",她的风吹开了她的愿念,这是一幅在动着的画。

"……看见我自己/与你那么相似,我竟恍惚/月光菩萨滴下的眼泪/是永远汇不到一起的/悲伤和成全/请容我任性,又一次在深夜想你/落下泪水,是因为有你而幸福/然而,我唯一能给你的/是比南方冬天,更温暖的温度。"芷菡的诗表露的情感是热烈的,她的热烈有时忧伤,有时任性,她不加雕琢地写出来。

在芷菡近期的诗作中,我欣喜地看到,她更多地写出个体的体验,而不仅仅满足于唯美的画面。

像《带母亲看摄影展、画展》:"母亲坚持看了第二遍/又在喃喃自语/你的父亲总是骗人/说好带我们周游世界/他却去了天堂。"在《傻妈》中她写道:"母亲每一天都是工作日/仔细斟酌关于儿女的每件事/每一次愣在电话那头/只会重复一句话/傻女儿,不管怎么样/有妈妈在。"而《母亲的旅行》:"母亲说:余生太长/我怕你父亲在天堂等得太久/……/再来一次说走就走的旅行/就像从前如期和你父亲团聚。"无疑,这样平淡的语句源自生活,像对稍纵即逝的体验按下了快门,经芷菡萃取,成了富含个体经验的好诗句。

芷菡一系列写母亲的诗,都是这样抓拍了日子的一瞬,有小说散文的元素,本质当然还是诗。

阿多尼斯说,"对于艺术家、诗人,他们的身份是建立在创作实践之上的","诗人在创作诗歌的同时,构建了自己新的身份"。芷菡现实中的一重身份,和她的本名杨娅娜一样,是个热爱生活、追求唯美的职场女性。而她的二重身份,正是由她的诗构成的,一个风一样的女子,一个热情细腻的女诗人。

最是凝香处

许燕影

什么样的香可以凝固而长久存在呢?

芷菡说:"如茶香,静坐而白云满碗;如诗行,薄语涓涓而细流;如花开;缓慢而枝上生香……"那么,这凝固之香达到极点的"最是",应该就是她心中开出花的一句句诗行。而这些诗行凝结成集,风每吹动纸页就会有暗香溢出,它们不仅可闻、可看,还可听、可品、可吟,这便是诗的魅力了。

芷菡自幼喜画,2008年师从尤育培先生习国画。很快,国画藏境的技艺就被她巧妙地运用到诗作中,同时她以实写虚的美学原则也被她拿捏得恰到好处。所以,读她的诗会不知不觉地进入空灵的境界,让读者在"笔未到意已至"的留白中感受蕴藏的气韵之美。见过芷菡画的莲,疏落几笔着色淡雅,很贴切地展现出她内心的怡然和宁静。都说花开见佛,一个人心境达到这样的境界,四季的轮转和万物存在的方式都不是特别重要了,哪怕春天遥遥来迟,她也可以用笔为喜爱的人"画下整个春天"。第一辑诗里,她在"认养的心田"种下的春天,她"用眼睛相爱"的春天,以及"叶子们在掌心和小虫嬉戏"的春天,都让人温暖和感动。虽然这个特定的春天也有"梨花写的白"的悲悯,甚至纷扬着"樱花雨"飘落的泪,但内心的善和美,让芷菡借花咏叹时,做到了哀而不伤。

每一个诗人都绕不过故乡之情。芷菡也不例外,因为深爱,家乡的一草一木成了芷菡执笔不懈的缘由。泉州临海,这一辑大部分和海有关。海边的孩子见惯了渔民劳作,她却诗意地将谋生的撒网、收网,拟化成丈量爱的长度和宽度,在"烟雨洛阳桥"上,她看到的是"鸥鹭追逐海浪"与"渔民轻唱",渔女"飘起的花头巾"成为海面最美的亮色。清源山应该是泉州标志性的打卡地,一组《清源里》让我欣喜,她用"半城烟火,半城仙"这样的妙比,贴切地描绘出泉州这座千年古城的神秘美。《此生》里我看到了她画风的转变,开始进入人生的思考,"如何能越过此山","按住自己的悲喜,不争亦不惧",把"无相可得"深烙心底,时刻警醒自己。到了《镜亭,或敬亭》时,她已经彻底静下心来,虽然"入园亭子由众花相拥",她已能"持明镜心倚栏整妆",冷静地审视自己了。

第三辑"一个人恋上一座城",毫无疑问当属爱情诗了。到底是画家,爱人伏案,"先落下一枝傲骨,苍劲","接着是紧紧依偎的枝干",而"我想象在你身旁,研墨的是我,吟诗的也是我","风一吹/每一朵梅花,开出喜欢的模样",完全是撒狗粮秀恩爱的节奏,这琴瑟和鸣、举案齐眉的美好的确令人羡慕。芷菡的爱纯粹而热烈,《与君书》直接这样表白,"严冬有两个人依偎"就满足了,"十字路口再相遇,再引我上路","愿将前生的故事,与你再做增增补补",任何时候,她都准备好"以微薄的呼吸,奉上飞蛾扑火的勇气"。

无论花开得多么绚烂，终有叶落知秋时节。"一声梧桐一声秋，一点芭蕉一点愁"，这是元代文人徐再思的秋。那么，芷菡的秋是什么样的呢？一首《在五台山与五爷品戏》呈现了她不一样的豪迈。"白塔下三楹龙王殿，云雾缭绕，五爷端坐，低眉含笑"，"有人许愿，有人还愿"，我却将"双手举过头顶，俯身向着大地，试问五爷，何出戏才算圆满"。而事实，在历经风雨的摩崖石刻前，人到中年的她也是有所感叹，"对世间太多玄机，不可为，不可知，亦不争"。所以她可以很平和地《带母亲看摄影展、画展》，以这样的方式替早逝的父亲完成带母亲周游世界的心愿。第四辑的《笑容盛开在秋天的日记里》里，有很多篇幅是怀念一生背负重任的父亲的，"我们驮回忧愁、伤痛"，而"父亲空出竹心，空出杯子，也掏空心房"。《花祭》是这辑里我最喜欢的一首，"五十岁一过，母亲到寺里定了两个牌位"，"并且用红布悄悄遮住"，"十年后，父亲钻进牌位里/红布被换成，坚硬冰冷的石碑"。这里，芷菡已经可以不动声色地用诗语缓缓叙述内心的伤痛了，"寂寞的时候，母亲都会去看父亲"，一边"擦拭石碑上父亲脸上的尘土"，一边说"很快就来和你做伴了"，最后用"风吹得蜡烛的火焰，一直摇头"来衬托对亲人的深切思念，悲伤之情令人唏嘘。

非常惊讶于芷菡的精力和多才多艺，除了画，她的南音也唱得非常专业，甚至还在泉州闽南文化促进会主办的花朝节活动中荣获第一届"花神"称号。第五辑"写下深情的远方"真的让我吃惊不小，一直以为她是个才情宅女，安于写诗、作画、插花、品茶,没想到她居然还是个旅行达人,足迹遍及徽州、甘南、西藏和新疆等地。重要的是,每一次她都能将所到之处的感悟写成一组组珍贵的诗留存。在《查济,一座用心呵护的古村落》,当"水墨洇染渐开的梦","观画人缓缓摇风入镜",她真的就"坐进画里看风景"了,这是童谣里的徽州。但到了甘南,"黑色羚羊出没的地方",又成了她"诗歌的摇篮","草原的芳香"让她爱上"这片辽阔,爱上桑多河流淌的多情"。在天路,信徒"每一次俯身,丈量天地"都让她对"清素唯心"的亮洁多一份崇敬。在《南迦巴瓦山下听雪》,她悟到了"缘的妙不可言"。在新疆《遇见最美的你》,也路过《你的悲伤》,"木桩,深深扎进草甸","绳子一寸一寸丈量你的方向",充满悲悯心的她多么希望"大快朵颐的牙祭"交还大地,然而,"乌云还是将风吹进你的眼睛"。这样的诗怎不叫人心折?

不知芷菡是不是刻意,《在每一个含露的清晨醒来》安排在集子的最后一辑,也许是她最后的祈愿吧。"有女儿蓝的潮涌",有"屋檐下筑起的鸟巢",有"鸟儿衔来种子和月光"……而她,就这样静静地"听海风吹进梦里的声音",谁说这不是"一生中最快乐的事"呢?

2020年6月6日

像花那样盛开（后记）

学生时代，哥哥姐姐经常领我一起阅读与赏析文学作品，受他们影响，我养成用文字和绘画记日记的习惯。高二那年，母校晋江一中成立华苑文学社，诗歌在校园里播下种子，我也长出诗歌的萌芽，学会用诗行记录有趣的事和抒发青春年少的感情，写在好看的日记本上。可惜的是，晋江老家房子拆迁，一些老物件、日记本和记忆一并遗失。往后的日子，就仅是相夫教子时写写育儿心得，或参加单位的朗诵与征文比赛才偶有动笔。

2008年遇见年迈的恩师尤育培先生，从其学习国画。恩师建议我画花鸟，要求我仔细观察花的生长过程，希望我能用诗词的意境表达出来，我开始重新点燃我的诗歌梦想。恩师常说，做一个有趣的人，做有意思的事，这才是生活的意义！我愿如他一样老去，如茶香，静坐而白云满碗；如诗行，薄语涓涓而细流；如花开，缓慢而枝上生香……经风沐雨后，当我白发苍颜之时，依然保持一颗明净若秋水长天的心。

2015年3月参加泉州市闽南文化促进会主办的花朝节活动，有幸荣获第一届"花神"的称号，或许是因为我有书画特长和在竞技中始终保持一颗平和的心吧。我的姐姐欣喜之下为我写了贺词："菡之依依，淡淡其香/众花拱之，亭亭芷放/刺桐作色，写春扬扬/书案做伴，墨彩漾漾/君之芷菡，花神之唱/祥之琅琅，晋水泱泱。"我想拥有如此美好的开始，更应该努力学习，才能不辜负大家对我的期望。

从那时起我重拾拙笔，同年6月我在《西北军事文学》发表了写家乡的诗歌处女作，接着又有部分习作陆续在一些报刊、网络平台发表。2018年春节期间《黄河文创》网络平台发起为我的画配诗，激起我的创作热情，我更加专注作画和诗歌创作。勤耕补拙，至今已写了近五百首诗和数十篇散文、随笔。我的文学之旅开始飞翔。

晋江是我生于斯长于斯的故乡，她的一草一木、一山一水，深深地印烙在我的生命里，并将令我执笔不懈、纸端含情。

感恩晋江市文联、晋江市文艺评论协会的支持和鼓励，感恩一路陪伴的亲朋好友，因为有你们，《最是凝香处》才能像花那样盛开般地如愿出版，散发她的芬芳！

感谢风趣幽默的蔡芳本老师和我的书法、诗词老师许长锋先生为我的诗集作序，晋江诗人们的大姐姐许燕影和来自南京的好兄弟叶宁为我写评论；感谢泉州市校园文学研究会和思无邪读书会，蒋东煌、喻亮、张川里、李少平、张月芳、刘磊、黄彩莲、王亚波、白帆等师友诵读了我的作品，让我这些文字携着色彩和温度，飘去很远很远的远方……

作　者

2020年6月